妖怪現形記

奇想聊齋 2

文 劉思源
圖 李憶婷

目錄

白狸長老

作者的話

燦爛的奇幻之光

文／劉思源

「妖怪」故事為什麼這麼吸引孩子的眼球？不論是故事、動漫、遊戲、電影……妖怪一出，魅力無敵，即使緊張得閉起眼睛、摀住耳朵，心臟怦怦狂跳，躲在被窩裡也要看下去？

仔細想想，孩子愛「妖怪」的原因顯而易見：還未受到現實和自我框架的原生態小孩，都有一顆喜愛探究未知的好奇心，和無限爆發的想像力。這兩項超級「原力」，不就是一直推動文明和科技向前進擊的引擎嗎？

此次有機會改寫《聊齋誌異》的故事，我便嘗試以「燦爛的想像力」及「兒童閱讀」為雙核心，精挑細篩全書近五百篇故事，最後輯錄二十七篇經典代表作，一一刪除繁蕪、留存精要，並劃分成：狸貓學仙術（驚奇幻術）、妖怪現形記（動物群妖）、仙靈探魔境（奇幻魔境）三大主題，帶著孩子一覽中國文學史上最絢麗、最耀眼的奇幻之光。

而沒有蒲松齡，便不會有《聊齋誌異》。他一生困頓，對弱小的、孤寂的、被排擠的、甚至人人避之唯恐不及的怪物，具有高度的同理心和憐憫心。也因此，即使他筆鋒犀利，如解剖刀般冰冷的切開世俗的表相，然而蘊藏在其中的「眾生平等」、「眾生有情」價值觀，才是真正跨越了歧視和偏見的鴻溝。

另外，編輯群和我在每篇故事前後，安排了可愛的狸貓師徒串場，透過趣味的提問，和讀者一起深入探討故事的本質，並結合自身的生活經驗，進一步學習如何轉換思考角度，克服成長中的大小問題和疑惑。

好故事，有光。

獻給獨一無二、與眾不同的每一個生命。

蒲松齡小檔案

姓名：蒲松齡（一六四〇～一七一五年），字留仙，一字劍臣，別號柳泉居士，生於明末清初的王朝更迭時代，一六四四年清軍入關時，他年僅五歲。

出生地：山東淄川縣人（今中國山東省淄博市淄川區）。

生平：從小苦讀，十九歲時以第一名的成績通過縣、府、道的考試，獲得秀才資格。很可惜，之後多次參加舉人考試，全數落榜，無法踏上夢寐以求的仕途，一生以教書、寫書為業。

代表作：《聊齋誌異》，又名《鬼狐傳》，共計四百九十一篇文言文短篇小說集（各版本略有不同）。內容大部分記述狐、鬼、花妖和神仙的奇幻故事。

創作源起：蒲松齡一向喜愛蒐羅奇聞軼事、鄉野怪談、神鬼傳奇等故事，許多人也會寫信或親自告訴他這類的傳說。他一一加以整理、記錄、編撰，並加入自己的想法和感受，以及他對人性的觀察，生活的體驗、社會的批判等重新改寫及創作，定名《聊齋誌異》。曾有一說，為了蒐集寫作材料，他在家門口開了一家茶館，客人只要說一個故事，便可以免費喝茶。此說雖不足信，但何妨當成一則美麗的傳說呢？

各路前輩顯神通

根據狸貓一族千萬年來的傳統，成年狸貓必須通過成仙考試，而只要能修練成狸貓大仙，便能隨心所欲的使用各種幻術，化身成人形，或其他動物來場驚奇的冒險，還能飛天遁地到世界各處的魔境漫遊。

狸貓族中最受敬重的白狸長老，已經高齡逾九百八十歲，他是「靈狸養成學苑」的創辦人。學苑裡收藏了一部絕世奇書《聊齋誌異》，此書號稱由清朝的書生

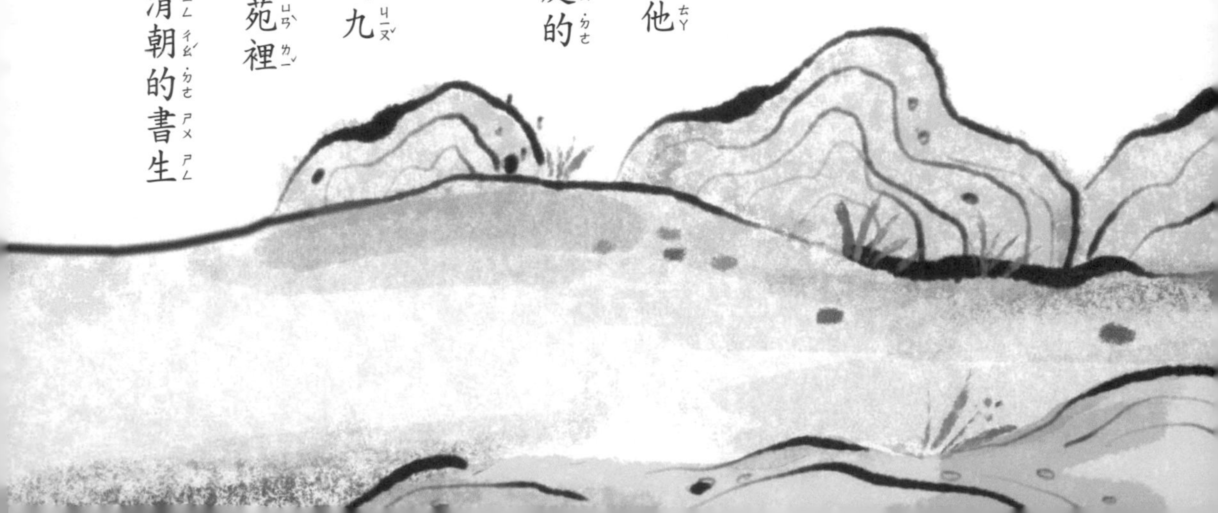

蒲松齡手撰，實則蒐羅妖狐鬼怪各家絕頂神技。歷代長老皆埋首鑽研此書多年，細細爬梳、整理書中經典案例和技法，為年輕狸輩們開設修仙訓練班，傳授三九二十七堂基本功法。

小狸和花花這對調皮搗蛋、令人頭疼的狸貓兄妹檔，已經在這座學苑裡完成了九堂仙術基本課程。接下來，白狸長老要向小狸貓們介紹九位身懷絕技的奇靈精怪。其中，除了大名鼎鼎的狐妖以

外，猜猜看還有哪些絕世高手？

長老說：「《聊齋誌異》又名《鬼狐傳》，裡頭除了收錄八十篇左右的狐妖故事以外，還有許多其

他的動物精怪，這些前輩們不僅功夫了得，更充滿了傳奇色彩，透過他們的現身說法，你們就能更深刻的了解絕頂仙術的奧義喔！」

你也準備好了嗎？和小狸貓們一起見識妖怪的本領吧！

1 神奇寶貝小白鴿

「哥，你是不是又偷藏了什麼寶貝？」花花指著小狸問。

「我才、才沒有偷藏什麼！噓！」小狸心虛的壓低了聲音。仔細一瞧，他的肚子不僅微微鼓脹，彷彿還動來動去……

花花一把掀起哥哥的衣服，「啾啾！啾！」原來是幾隻小雞窩在小狸的懷裡。

「哎呀！我只是撿了幾隻看起來很虛弱的小雞，又沒尋見雞媽媽，只能先養著。你小聲點，萬一被長老發現……呃！長老！」

「教室裡禁止養寵物，你這臭小子再不守規矩，我這學苑可容不下你啦！」白狸長老氣得吹鬍子瞪眼睛，小狸只好將懷裡的小雞統統留在後院。

不過自古以來養獸、馴獸都不是簡單的事，除了精心照顧，更需用心訓練。白狸長老心念一轉，決定來個機會教育，便說：「既然說到寵物，今天就來講講神奇寶貝小白鴿的故事吧！」

小小鴿子飛行力強，據說一天可以飛一千公里遠，又會認路，在通訊不便的時代，鴿子還能幫助人們傳遞信息，所以從古到今都有許多人喜愛馴養鴿子。

山東一帶，有一位公子姓張，名幼量，是當地人盡皆知的養鴿達人，只要是他的鴿子，保證健康又有活力。

但鴿子種類繁多，花色各異，習性不同，只有行家才能分得清楚好壞。為了蒐羅天下最多、最好的品種，張幼量經常千里迢迢到各地挑選鴿子。

照顧鴿子又是另一門大學問。張幼量圈養鴿子就像呵護小嬰兒一般，天冷時，餵些草藥給牠們吃，避免生病；天熱時，餵鴿子一點點鹽粒，防止虛脫。此外，鴿子還有一個大毛病：貪睡，且睡太久很容易引起肢體痲痺而死。這可怎麼辦？幸好有次張幼量到揚州，花了十兩銀子買了一隻鴿子。那隻鴿子體型迷你，卻特別喜愛走動，只要把牠放到地上，就像打陀螺似的一直繞圈圈走個不停，直到累壞了才會停下，這種小鴿子名叫「夜遊」。張幼量靈機一動，一到晚上便把牠放到鴿群中，因為牠老是走來走去的，可以驚擾其他鴿子，避免牠們睡過頭。這招夠聰明吧？

一天晚上，張幼量獨自待在書齋，忽然聽到有人敲門的聲音。

他打開門，一位身穿白衣的少年站在門口。少年生得清秀俊朗，氣質高雅。

「奇怪？我不認識這個人啊？」張幼量覺得怪怪的，便追問少年的姓名。

「我只是個四處漂泊的遊子，名字一點也不重要。」白衣少年淡淡的說，「我也是愛鴿之人，久聞張公子養鴿達人的美名，家中鴿子品種繁多，不知是否願意讓我觀賞一下？」

高帽子人人愛。張幼量當下便帶白衣少年去鴿舍參觀，把裡頭的鴿子一一捧給少年看。

「青斑的、黑邊的、淺褐的、花的……各色各樣的鴿子這兒全都有，就像五彩繽紛的雲錦一般。」白衣少年笑著對張幼量說，「原來傳說是真的，您擁有數不盡的名鴿。不過我也有養幾隻鴿子，是這裡沒有的品種，要不要隨我一起去看看？」

聽到有新奇的鴿子，張幼量哪還耐得住，興沖沖的跟著對方走。

白衣少年領著張幼量走出書齋，越走越遠，越走越偏僻，四周都是曠野，加上今晚月色迷濛，顯得特別荒涼。

「這裡會有人家嗎？」張幼量又疑又怕的問。

「快了！快了！」白衣少年指著前方說，「我家就在前面。」

果然再走幾步，路的盡頭出現一座小道院，裡頭有兩間房屋。

白衣少年拉著張幼量走進院裡，裡面黑漆漆的，沒有一盞燈火。

「咕——咕——」白衣少年站在院子中央，嘟著嘴學鴿子叫。

兩隻白鴿馬上飛了出來，牠們的大小及模樣都和普通的鴿子差不多，但全身羽毛純白如雪，在黑夜中顯得特別耀眼。

牠們飛上房簷，一邊叫一邊搏鬥，而且每次展翅相撲還要翻個觔斗，就像耍特技一樣。

「精采嗎？」白衣少年揮揮手臂，兩隻鴿子一齊飛走了。

接著，少年再次嘟脣發出哨聲，又有一大一小兩隻鴿子飛來。大的那隻有野鴨那麼大，小的只有一個拳頭大；兩隻鴿子在臺階上一邊鳴叫一邊學仙鶴起舞。大的伸長頸子，張開翅膀，好像一座雪白的屏風，不停的旋轉鳴叫，逗引著小鴿子；小鴿子則上下穿梭飛舞。有時小鴿子飛到大鴿子的頭頂上，輕搧翅膀，彷彿燕子輕盈的落在蒲葉上，牠的叫聲細碎，好像撥浪鼓叮咚作響；大鴿子不敢動彈，叫聲越來越急促，響亮如擊磬。兩隻鴿子一唱一和的，和聲悠揚又節奏分明。

張幼量簡直嘆為觀止，這兩隻鴿子能歌善舞，自家的鴿子實在差了一大截。愛鴿成痴的他，不停的懇求白衣少年割愛：「公子，您可不可以送給我幾隻白鴿呢？我一定會好好照顧牠們。」

白衣少年本來不同意，但拗不過張幼量的懇求，喚來兩隻白鴿，交到他手上。

張幼量手捧著鴿子仔細打量，只見白鴿的眼睛在月光照射下，呈現出瑰麗的琥珀色，雙眼透亮，黑色的眼珠好像圓圓的胡椒粒，再掀起翅膀來瞧，胸前的肌肉晶瑩透明，臟腑彷彿清晰可見。

「這種像水晶一般的鴿子叫什麼名字？」張幼量問。

「韃靼。」白衣少年回答。

張幼量還不滿足，想再討要幾種鴿子，兩人討價還價時，張家的僕人們慌慌張張的舉著火把來尋找主人。

「我在這裡。」張幼量剛說完，一轉頭，發現白衣少年瞬間化為一隻白鴿，足足有雞那般大，沖入雲霄飛走了。而眼前的院落、房舍也紛紛消失，四周只剩一座小墳、兩棵柏樹。

「這位白衣少年究竟是何方神聖啊？」張幼量又驚又奇，和家僕抱起白鴿回家。

回到家中，他立刻讓兩隻白鴿試飛。這對白鴿十分馴良，飛得又好，牠們或許不是白衣少年養過最好的白鴿，但絕對是人間稀有的珍品。張幼量又珍又愛，不但用最好的飼料和最潔淨的泉水餵鴿子們，還特別打造寬敞舒適的鴿舍給牠們住。過了兩年，這對白鴿生了三隻小公鴿和三隻小母鴿，親朋好友爭相討要，但張幼量一隻也不肯給。

張幼量的父親有位朋友是當朝大官。有一天，他見到張幼量，隨口問了一句：「聽說你養了很多鴿子？」

張幼量支支吾吾敷衍了過去，但轉念一想，討好大官或許可以得到些好處，便暗自琢磨：「他既然問起鴿子的事，應該也是位愛鴿人，況且他還是位長輩，不好違背他的心意。」

貴人得送貴禮。雖然捨不得，他還是忍痛挑了兩隻小白鴿裝在籠子裡，送到大官府上。

「我送的這兩隻鴿子都是珍品，價值不只千金，大官收到肯定滿意。」張幼量沾沾自喜的想。

過了幾天，他又遇見那位大官，原本以為大官至少會對他說聲謝謝，但奇怪的是，大官一個字也沒提。

張幼量忍不住問：「前幾天我送去的鴿子，您還滿意嗎？」

「不錯，又肥又嫩的。」大官說。

「您把鴿子煮了？」張幼量大驚失色，「那可不是尋常的鴿子，而是名鴿『靼韃』啊！」

大官想了一會兒說：「我覺得味道沒什麼特別。」

張幼量悔不當初，馬屁拍不成，還損失兩隻寶貝鴿子，只能含恨的回家。

當天晚上，他夢見白衣少年來找他。少年氣得大罵：「我原本以為你會好好愛惜鴿子，才把兒孫託付給你。你怎能把牠們隨便送給不識貨的蠢人，害牠們慘死於鍋中？」

白衣少年說完，立刻化作大鴿子飛走了，而張幼量所豢養的白鴿，也全都跟著牠飛得無影無蹤。

這個夢逼真得嚇人，第二天張幼量一醒來，便跑去查看鴿舍，發現白鴿果然統統不見了！

後悔藥又苦又澀，心灰意冷的張幼量，把剩下的鴿子全數分送給別人，最後連一隻鴿子也沒有了。

改編自《聊齋誌異·鴿異》

小狸筆記

故事裡的白衣少年其實就是鴿子精吧，難怪他養的白鴿會唱歌跳舞，還會耍特技，真是神奇寶貝呢！不曉得我養的小雞什麼時候也能學會這些特殊技能？

不過，人各有喜好，送禮到底應該投其所好，還是忍痛割愛呢？如果是自己心愛的東西或寵物，你捨得送給別人嗎？

2 蜂女的小情歌

「說到修練成精的前輩，大家可能聽說過狐狸精、蛇精，可聽說過小小的蜂兒也能成精？」白狸長老捋了捋鬍鬚，故作神祕的說。

「啊？蜂也能修練成精？不過，蜂精長什麼樣子？會哪些法術呢？」花花好奇的問道。

白狸長老將原本緊閉的木窗推開，露出一點縫隙，只聽到一陣「嗡嗡嗡」的聲音，大伙兒眼前憑空冒出了一位綠衣女子，她長得很漂亮，眼睛特別大、腰特別纖細，身上還帶著一股清幽的花香。

「你們好，我就是長老剛剛提到的蜂精，你們也可以叫我蜂女姐姐。我們蜂精通常出沒在一些山清水秀的深山裡，現在，就來跟你們說說我祖母當年的故事。」

◎◎◎

讀書、考試、當官，古時候的文人只有一條人生進擊路，只要是學子，沒有不削尖腦袋拚命苦讀的，考試考個幾十年的大有人在，即使滿頭白髮、齒牙動搖也不願輕易放棄。

青州有位書生名叫于璟，為了專心讀書，寄居於山裡的醴泉寺日夜用功。山間寂靜，寺中除了幾個僧人，鮮少有人來往，倒也清靜。醴泉寺以山泉著名，清幽的環境中生長著不少奇花異草，淡雅的花香隱隱在風中浮動。于璟很勤奮，每天讀書讀到三更半夜。一天夜裡，他點上燈燭，正要翻開書卷，忽然聽到窗外有位女子嬌聲呼喚：「于公子，您真的很用功讀書啊。」

「咦？這樣的深山裡哪來的姑娘？」于璟還在疑惑時，女子已推門進來。

這女子穿著一身綠衣長裙，年紀輕輕、笑臉盈盈、容貌俏麗、身材窈窕，尤其是那一把纖纖細腰，就好像人們常說的「螞蟻腰」

一般。

「這女子莫非是妖？還是鬼？反正一定不是人。」于璟一邊猜，一邊盤問綠衣女郎的來歷。

「于公子，您何必苦苦追問個不停呢？」綠衣女郎輕聲說，「就憑我這纖細柔弱的身子，能夠吃人嗎？」

女子嬌滴滴的樣貌和聲音，讓于璟動了心。

郎有情，妹有意，兩人立刻陷入熱戀，從此每天晚上都偷偷在寺中約會。

但綠衣女郎始終不願透露姓名和家世，于璟便喚她綠兒。

有一天，于璟求綠兒唱首歌：「你的聲音十分柔和，唱起情歌一定很好聽。」

綠兒起先不肯，但在于璟的一再要求下，只好答應：「不過我怕被外面的人聽見，只能輕聲的唱喔。」

說完她用腳尖輕敲著床前腳凳，打著拍子唱：「樹上烏臼鳥，

嫌奴中夜散。不怨繡鞋溼，只恐郎無伴。」❶

她的聲音又輕又細，好像飛蠅振翅的嗡嗡聲，但只要仔細聆聽，便能聽出歌聲婉轉清亮，聲聲撩動人心。

于璟聽著聽著彷彿生出一雙翅膀，悠然的在百花叢中穿梭起舞。

綠兒唱完歌後，先打開房門張望，接著又繞著屋子查看了一遍，都沒發現有人偷聽，才回到屋裡。

「你為什麼這麼焦急又害怕呢？」于璟問。

「我每次來這兒找你，不就像個鬼鬼祟祟的小偷嗎？」綠兒低下頭嘟著嘴，「怎麼會不怕被別人發現啊？」

綠兒才說完，臉色忽然變得十分蒼白，摀著胸口說：「哎呀！我的心怦怦亂跳，而且整個人心神不寧，也許我和你的緣分，就要到此為止了。」

于璟忙安慰她：「心跳急、眼皮跳，都是很平常的現象，你不要胡思亂想。」

這時天快亮了，綠兒準備離去，剛要推門又猶豫著退回來說：「真奇怪，不知道為什麼我心慌意亂，手腳一直發抖，請你送我到門外好嗎？」

于璟聽了心疼，便牽著她的手走到門外。

綠兒出了門，面對長長的走廊，感覺更慌張了。她對于環說：「公子，你看著我走，等我走到牆角時再回房間好嗎？」

「好的。」于環站在門外，看著綠兒悄然無聲的穿過走廊，轉過牆角，直到看不見她的身影才準備回房休息。

「救命啊！救命啊！」一陣陣急促的呼救聲從牆那頭傳來。是綠兒的聲音！

于環急忙轉頭循著聲音跑過去，但四下空無一人，綠兒好像憑空消失了一樣。

他豎起耳朵凝神細聽，呼救聲好像是從房簷那裡傳出來的。

他抬頭查看，只見一隻彈丸般大的蜘蛛，用蛛網緊緊纏著一隻綠色的蟲子。那隻蟲子拚命掙扎，聲音嘶啞，不停的悲鳴。

于璟趕忙戳破蜘蛛網，把黏在蛛網上的小蟲救下來。

「真可憐，原來是隻綠色的小蜂。」于璟輕輕挑掉小蜂身上層層纏繞的蛛絲，並將牠帶回屋裡，放在書桌上，希望奄奄一息的小蜂能活過來。

過了好一陣子，小蜂終於甦醒了。但牠還是十分虛弱，翅膀垂下，伸展不開。

只見小蜂慢慢爬到硯臺上，用身體沾滿墨汁，再回到桌子上，拖著腳在桌面上走過來又走過去，緩緩的寫出一個「謝」字。

于璟大吃一驚，這隻小蜂怎麼會寫字？莫非……

小蜂抖抖身體，拚命搧了好幾次翅膀，終於張開翅膀，順利的從窗戶飛走了。

從那天以後，綠兒再也沒來過了。

改編自《聊齋誌異．綠衣女篇》

---

❶ 綠兒的歌詞大意是：我半夜跑來跑去，攪擾著樹上鳥兒難安憩。儘管腳上的繡鞋都被露水沾溼了也不會抱怨，只擔心我的情郎沒有人陪伴。

花花筆記

白狸長老常說，深山大澤都是有靈氣的，連久居山裡的小小蜂兒也能成精，那我和哥哥在靈狸養成學苑待久了，是不是也能成精呢？不過，即使成了精，也免不了被天敵捕捉的命運，如果沒有于公子及時救援，恐怕今天也見不到蜂女姐姐了。這麼說起來，就算修練有成，出門在外還是要學習臨機應變、保護自己，才能化險為夷啊！

3 來去無影的狐小偷

這個週末，又到了靈狸養成學苑最受歡迎的「白狸長老狐說一通」特別講座時間。

小狸和花花一大早就去講堂搶位置，這堂課絕不能缺席。狐狸可說是修練界的偶像，不論是正派、反派都有經典代表。白狸長老開宗明義說：「自古以來，人類對於『狐狸精』可說是又愛又恨。狐妖和人類之間總有許多衝突，有些只是無傷大雅的小打小鬧，有些卻會危害到財產和性命。《聊齋誌異》裡頭收錄了八十篇左右的狐

妖故事，雖然我們稱其為『妖』，但他們也像人一樣，擁有許多不同的性格，現在就來看看幾位狐狸老前輩與人類的鬥法故事。」

◇◇◇

「抓小偷！抓小偷！」鄂老爹氣急敗壞的大聲呼喊。這個小偷不是普通的小偷，而是狐妖。

這個狐妖很厲害，隱身術一級棒，來無影去無蹤，無孔不入，從來沒人看見過他的真面目。這幾年鄂家一會兒丟錢，一會兒丟東西，弄得人心惶惶。

這天，鄂老爹的外孫姬生，自告奮勇來外祖父家裡幫忙捉妖。

「你打算如何捉妖？」鄂家人問。

「不打、不殺、說道理。」姬生搖頭晃腦的說，「狐妖既然能夠化成人形，必定通曉人情。只要我有耐心，慢慢的開導他，早晚能讓他改邪歸正，不再做壞事。」

「哈哈哈，這怎麼可能？」鄂家人都覺得好笑，「狐妖怎會乖乖聽話？」

姬生不管大家的嘲笑，對著屋裡屋外，不停的勸說著狐妖不要偷東西、搞破壞。

但狐妖總是來去無影，除了偶爾撿到幾根狐狸毛以外，大家從沒見過狐妖現形，姬生就好像對著空氣喃喃自語。

可憐的姬生口水都說乾了，卻一點用也沒有，狐妖照樣夜夜來偷竊。

姬生不肯放棄，每隔幾天便到鄂老爹家向狐妖循循善誘：「狐兄，請不要再來騷擾老人家，要偷就來偷我家的。」

但是他說歸說，狐妖仍然照偷不誤，沒半點用處。

鄂家人又好氣又好笑的說：「姬生是不是書讀太多，把腦袋讀壞了？」

但過了些日子，情況似有好轉，只要姬生到鄂老爹家拜訪，那天夜裡狐妖就不會來作怪。

鄂老爹便請姬生留宿一段時間，狐妖連著幾天都沒來搗亂。

「好耶，狐妖讓步了。」姬生心中竊喜，每日晚上望著空中請求，「狐兄，可不可以出來見一面？我們當面聊聊。」

但狐妖沒有任何回答。姬生以為狐妖已經離開鄂老爹家，便也回自己家了。

當晚他獨自坐在書房裡，突然房門慢慢的自動關了起來。

「狐兄，是您來了嗎？」他心中一動，趕緊站起來恭迎狐妖。但屋裡屋外皆毫無動靜。

幾天後，房門又在晚上自動打開。姬生問：「如果狐兄是應我之邀而來，何妨見上一面？」

這一夜仍是寂靜無聲，但原來放在桌子上的二百文錢，到了天亮就不見了。

「難道狐妖需要錢？」姬生決定幫助狐妖。

第二天晚上，姬生放了一大把銅錢在桌子上。深夜時，屋中的布簾突然發出很大的聲響。

「狐兄，您來啦？我準備了幾百文銅錢放在桌上，若有需要您儘

管拿去用，不必再到處偷錢。」姬生誠懇的說。

過了一會兒，他看了看桌上，狐妖只拿走二百文錢，別的都沒動。

姬生沒有把剩下的銅錢收起來，仍放在原處，但是過了幾夜，竟一文錢也沒少。

姬生家的廚房裡有隻雞，已經煮熟，本來是打算請客人吃的，可是當天夜裡，不明不白的就不見了。

「一定是被狐妖叼走了。」姬生想想，又準備了酒給狐妖喝，但是狐妖偷了錢和雞以後，再也沒來過，卻依然三天兩頭的跑去鄂老爹家作亂。

「他怎麼又跑回鄂家了呢？」姬生聽聞消息，立刻帶著一籃禮物跑到鄂老爹家。他對著空中說：「狐兄，外祖父年紀大，身體又不好，不能再受驚擾了。我準備了您喜愛的銅錢、美酒和燒雞，您愛什麼就拿什麼，但請別再來騷擾老人家。」

姬生守了整整一晚上，狐妖不但沒有現形，錢、雞、酒也沒被偷走。而且不知是不是受了姬生的感化，狐妖從此絕跡，再也沒來鄂老爹家偷東西。

原以為事件就此落幕，可惜這個狐妖可不像凡人想得那麼簡單。

有一天，姬生晚上回家，一開門，見桌上放著一壺酒、一大盤煮熟切好的雞肉，以及一串用紅線串起的銅錢。

姬生數了數，不多不少，剛好四百文錢。「這不是之前被狐妖拿走的銅錢嗎？」姬生猜想，大概是狐妖來還東西了。

「好香啊！」他拿起酒壺聞了聞，倒了一杯出來，只見酒色清澈碧綠，忍不住喝了一口，讚嘆道：「好酒、好酒。」他一口接一口，居然喝完了一整壺。

此時半醉半醒的姬生，心頭忽然覺得癢癢的，手腳也癢癢的。他不由自主的開了門，跑到村裡的大財主家。

這戶財主家的外牆很高，但姬生就像長了翅膀，迅速跳上牆頭翻了過去。他躡手躡腳的走進財主的屋裡，偷走珍貴的貂皮大衣、金鼎等貴重物品，再翻牆回家，隨手把偷來的東西往床頭櫃上一放，就倒頭呼呼大睡。

天亮後，他把偷來的寶貝拿給妻子瞧，她驚呼：「老公，這些東西是哪兒來的？」姬生回想起夜裡的事，吞吞吐吐的說了。

他的妻子驚駭的問：「你一向為人剛正，怎麼會忽然當起了小偷呢？」

姬生卻絲毫不覺得羞愧，反而嘻皮笑臉的說：「你看，我們這輩子都沒見過這些好東西吧？這都要感謝狐妖啊。」

他的妻子想起昨晚狐妖送來的東西，恍然大悟說：「你一定是喝了狐妖送的酒，中了邪。」

她想起老人們曾說過，「丹砂」這種祕藥可以驅邪，便找來了丹砂，磨細後加進酒裡，讓姬生喝下。

姬生喝了丹砂藥酒，彷彿大夢初醒，失聲大叫：「慘了！我昨晚為什麼當了小偷？」

姬生清醒後懊悔不已，趁著深夜把偷來的東西，又悄悄從牆外拋回財主家。寶物失而復得，財主也不再追究。

姬生暗自慶幸，還好及時清醒，沒有誤入歧途，從此再也不敢和那個狐妖打交道。

多年後，姬生努力讀書，在官府考試上得了第一名，又被學官推舉為行優學生，可說是雙喜臨門。但到了正式放榜的那一天，官府的大梁上居然貼了張「姬生作賊，品性不良」的字條。

「咦？屋梁這麼高，一般人就算踮起腳也搆不著，這張字條是誰

姫生作賊
品性不良

貼上去的？」考官非常納悶，就來問姬生。

「這件事除了妻子之外，沒有別人知道啊？」姬生想起往事，恍然大悟，「一定是狐妖搞的鬼！」

他不再隱瞞，把前因後果一一向考官坦白。

「原來是中了狐妖的計！」考官嘖嘖稱奇，不但沒有懲罰姬生，反而加倍獎賞他的誠實，認為他知錯能改，更加難得。

姬生思前想後，嚇出一身冷汗，但怎麼想也想不通：「我從未有過傷害狐妖的念頭，但他為何一再陷害我？難道是天性難移，就是愛使壞？還是自己做壞事，也要拉別人一起下水？甚至惱羞成怒之下，非要毀了我才甘心？」雖然不能理解狐妖的想法，不過經過此事，姬生決定再也不與狐妖打交道。所謂「道不同，不相為謀」，有些人，還是少來往為妙。

改編自《聊齋誌異・姬生篇》

小狸筆記

這位狐妖一定是修仙等級超高的大前輩，才能如此來去無蹤，從來沒被人逮到過，還能利用酒來迷惑姬生，甚至跑到官府打小報告。

不過，現實生活中若遇到像姬生這樣的狀況，你會怎麼應付像狐妖這樣無故陷害人的傢伙呢？你有沒有遇過被陷害或被冤枉的情形？說一說你的經驗吧！

4 誰丟了狐狸尾巴？

「靈狸變身大法，變！」小狸正按照白狸長老教過的咒語練習變身術，可惜，不管他怎麼變，總是無法成功將尾巴變不見。

「你要專心，否則便是功虧一簣，一下子就被人發現啦！」白狸長老摸摸鬍子說，「對動物來說，變身術最大的破綻就是尾巴，一個不小心沒藏好，就容易被人逮住。接下來，我們就說說一個聰明的小孩，利用狐狸尾巴智取狐妖的故事吧！」

不得了！不得了！可惡的狐狸又來作怪！

東村有位商人長年在外做生意，一出門就是好幾個月，妻子體弱多病，兒子小楚只有十歲，家僕們不是太老，就是太小，沒半個壯丁。

「哈！這戶家裡沒大人，好欺負。」不知哪隻狐狸得知這個消息，夜裡常常跑來搞破壞，不僅偷雞摸狗，砸東砸西，還會神出鬼沒的嚇唬人，弄得楚家人日日不安。

商人的妻子提心吊膽，最後得了失心瘋，整日瘋瘋癲癲的，一會兒大哭大叫，一會兒亂跑亂跳，誰都不敢靠近她一步。而城北有一位王姓婦人，這陣子也慘遭狐狸咬傷，弄得附近人心惶惶，深怕下一個受害者就輪到自己。

「哼！臭狐狸，我一定要把你捉起來。」小楚年紀小，膽量卻不小，發誓要將狐狸一網打盡。

但狐狸狡詐，千變萬化，絕對不能讓牠發現小楚家有任何風吹草動。

於是小楚假裝淘氣，整天學泥水匠，把石塊和磚頭一層一層的堆在房裡的窗臺上。

「這孩子怎麼這麼頑皮？」大家拉也拉不住，只要有人稍稍制止小楚，或拿走一塊石頭、磚頭，他就躺在地上打滾哭鬧，大家只好任由他繼續堆，直到把兩扇窗子全堵死了，整間房子被弄得密不透風，一點光線也沒有。小楚還不肯罷手，用水泥塗抹牆上的每一個窟窿和縫隙，又不知為什麼拿了把菜刀，霍霍的打磨起來，弄得僕人們紛紛走避。

「哼，時機到了！」這天，小楚把菜刀藏在懷裡，用水瓢遮著燈光，躲在屋角，在黑夜裡靜靜的等著。

他等啊等，忽然聽到屋裡響起急促的腳步聲，急忙丟開水瓢，堵住門大喊：「臭狐狸，往哪兒跑！」

腳步聲瞬間消失，這會兒房裡既無窗也無洞，狐狸無路可逃，但不知藏在哪個角落，並沒有現形。

「哼！就算把屋頂掀了，我也要抓到你。」小楚故意離開門口，一邊叫嚷一邊假裝翻箱倒櫃。

忽然，一抹褐色的身影掠

過眼前，朝門縫鑽過去。

「別跑！」小楚連忙揮刀砍過去，但來不及了，那身影已鑽過門縫，只見地上掉下半截狐狸尾巴，看起來大約有六、七公分長，還滴著鮮血。

「真可惜！差一點就能把狐狸捉個正著。」小楚十分懊悔，但是轉念一想，「雖沒能一刀砍死牠，但牠應該不敢再來了。」

天亮後，小楚發現血跡越牆而過，便沿路追蹤，走進北村一戶何姓人家的舊宅，暗暗想著：「何家園子很大，又荒廢已久，應該就是狐狸藏身的老巢，只是不知道這裡藏著多少隻狐狸？」

這時已接近黃昏，他孤身一人，為了避免打草驚蛇，也怕狐狸群就在附近，便偷偷趴在草叢中，觀察情況。

沒多久，月亮升起，園裡傳來說話聲。

小楚撥開草叢，只見兩個年輕男子坐在亭子裡喝酒，旁邊站著一個老僕人，小心翼翼的捧著酒壺伺候。老僕個兒不高，穿著深灰色的衣服，留著一把長鬍子，他們說話時低聲細語，嘀嘀咕咕的，聽不清楚。

「這時候哪會有人出現在這裡？一定是狐狸變的！」小楚豎起耳朵，努力的想聽清楚狐狸們在說些什麼。

「哎喲！好疼。」其中一個男子說，「老哥，我小看了那個商人家的小孩，昨晚受的傷不輕，尾巴都禿了。」

「真是可惜了，弟弟的尾巴又大又蓬鬆，多漂亮啊！」另一個男子說，「下次我一定幫你討回來。」

「原來是狐狸兄弟檔。」小楚心中氣憤，這兩隻狐狸都不是好東西，這些日子以來不知傷害了多少人。

狐哥和狐弟一連喝了幾杯，老僕來回倒酒，酒壺一會兒就空了。

狐弟說：「討厭，今天喝得不夠痛快。」

狐哥轉頭交代老僕：「老翁子，記得，明日再拿一壺白酒過來，否則小心你的皮！」

這時天色快亮了，狐哥半醉半醒，打了幾個呵欠，拉著狐弟一起鑽入竹林，只有長鬍子老僕留在原地。他站了大半夜，腿痠得不得了，看狐狸兄弟一走，便脫了衣服，躺在院中的石頭上呼呼大睡。小楚看得真切，這個狐狸老僕的身體幾乎和人一模一樣，有手也有腳，但屁股後面垂著一條大尾巴。

小楚從草叢鑽出來，轉頭回家。雖然他已打探清楚狐狸的巢穴，但要如何下手，才能把三隻狐狸一網打盡呢？

叫村人一起來捉狐狸嗎？不行不行。一來，大人常常不理會小孩的話；二來，萬一洩漏風聲，狐狸動作敏捷又會變身術，恐怕一溜煙就跑得不見蹤影，或是混入人群裡誰也找不著。

他一邊思考一邊走進市集，看見街上有一間賣帽子和飾品的店鋪，裡面正好高掛著一條紅色的狐狸尾巴。

「就是這個！」他靈機一動，想到一個妙計。

小楚掏錢買下那條狐狸尾巴吊飾，再到酒鋪買了一壺白酒，寄放在鋪外的簷廊下。接著，又跑到當獵人的舅舅家，討了些毒老鼠的藥，偷偷混入酒中。

萬事俱備，就等狐狸現身了。你猜到小楚的捉狐妙計了嗎？

小楚在街市等啊等，終於看見那個長鬍子老僕進了城，混在人群裡到酒鋪買酒。他假裝來幫爸爸買酒，趁機和老僕搭訕：「叔叔，您也是來買酒的嗎？」

長鬍子老僕嚇一跳，緊張兮兮的問：「你是誰？」

「您忘了？我上次見過您跟在兩位叔叔後頭。」小楚悄聲說，「我是住在山洞的胡家兒子，您以前不是也曾住在山洞嗎？」

「住在山洞？姓胡？難道是……」長鬍子老僕半信半疑的盯著小

楚瞧。

小楚轉過身，稍稍掀開衣裳，露出一小截狐狸尾巴，說：「雖然我們變身的功夫一流，可恨只有這個東西甩不掉！」

長鬍子老僕這才相信遇到同類，拉著小楚到旁邊說：「小伙子，小聲點，我身上沒錢，是來偷酒的。」

「哎呀，大白天的，偷東西會不會太危險？」小楚揮手勸阻說，「萬一被人類逮住就慘了。」

「還不是那兩個狐兄弟下的命令，我才不得不來。」長鬍子老僕抱怨，「他們是我的主人，脾氣暴躁又愛喝酒。其中一個剛被商人家

的兒子砍斷半截尾巴，休養了幾天，今晚打算喝了酒再過去大鬧一場，以報斷尾之仇。」

長鬍子老僕邊說邊急著走：「我得趕快回去了，萬一耽誤了時間，又會被他們兄弟倆打罵一頓的。」

「您的工作真辛苦啊！」

小楚假裝好心的說，「別冒險了，我之前買了一壺酒，就寄放在這間酒鋪裡，您先拿回去交差吧。我口袋裡還有點錢，買酒不成問題。」

他說完，叫伙計把寄放的酒拿過來，交給長鬍子老僕。

「哎呀！這怎麼好意思？」長鬍子老僕推辭著不敢收下。

小楚附在他耳邊說：「我們本是同類，無須計較這些小錢，希望有空能和您痛痛快快的喝一杯！」

長鬍子老僕見天色越來越暗，狐狸兄弟就要醒了，千恩萬謝的抱著那壺酒返回北村。

當天夜裡，商人家平靜無事，並沒有任何狐狸來作亂，莫非小楚的計策奏效了？

第二天，小楚跑到何家園子看個究竟，只見酒壺掉在地上，兩隻年輕的狐狸死在亭子裡，其中一隻禿了尾巴，上面還有新砍的刀痕；另外一隻年紀大的狐狸則死在草叢中，嘴角的血還溼漉漉的。

小楚搖了搖酒壺，裡頭還有一些酒，那些狐狸還沒喝完，就現出原形，不支倒地了。

小楚興高采烈的挑著三隻狐狸回家，雖然他才十歲，但是膽大心細，鬥智又鬥勇，才能將狐狸一網打盡，讓牠們再也不能來作怪。

改編自《聊齋誌異．賈兒篇》

小狸筆記

故事中四處作惡的狐妖兄弟和老僕人，雖然可以變成人模人樣，但沒辦法把尾巴變不見，難怪人們常用「露出狐狸尾巴」形容藏不住的壞心思，這個故事不就是最佳寫照嗎？我覺得很難從一個人的外貌或穿著打扮去判斷他是好人還是壞人，到底要從哪些地方觀察，才能得知一個人真實的品格和性情呢？如果在生活中發現別人的壞心眼，你能像小楚一樣沉著應對，以智取勝嗎？

5 狐狸一族的喜宴

聽說隔壁村的狐狸姐姐要出嫁了，白狸長老特地帶著一眾弟子去參加喜宴，小狸和花花當然也在其中。

「狐狸姐姐今天真漂亮！好想體驗一下當新娘的感覺，不知道能不能跟狐狸姐姐借新娘服來試穿看看？」花花羨慕的說。

「哦？你小小年紀就想體驗婚禮啊？好吧，趁著今天好日子，師父就來說說，狐狸一族的喜宴吧。狐狸們神通廣大，搞了不少花樣，把喜宴辦得熱熱鬧鬧的。」長老捋了捋鬍鬚，開始說故事。

夜深人靜，一扇陳舊又笨重的大門「砰」的一聲，猛然被人用力推開。

幾隻烏鴉被突如其來的聲響驚醒，「嘎嘎」叫喚，張開黑色的翅膀從枝枒上竄起，消失在夜空中。

「這裡陰森森的，怪不得連白天都沒人敢踏進來一步。」推門的是位年輕的書生，名叫殷士儋，他雖然家境貧窮，倒是膽識過人，敢在深夜獨自踏足這棟如鬼屋般的大宅院。

這裡原本是濟南歷城最大的豪宅，占地好幾十畝，精雕細琢的亭臺樓閣一棟比一棟高，但不知為何一會兒傳說鬧鬼，一會兒又傳出有妖怪作亂，最後便成了一處廢墟，無人敢靠近一步。近來又聽說時常有狐妖出沒，傳出許多奇怪的聲響，弄得人心惶惶。

「誰敢一個人進去廢墟住一晚？」朋友們和殷士儋打賭，如果有人能毫髮無傷的走出來，大家就湊錢請他大吃一頓。

「這點小事有什麼難的？」殷士儋跳起來說，並和朋友們約好當晚就闖一闖，「如果真的遇上鬼或妖，我一定抓一個給你們瞧瞧。」

他說走就走，沒帶棍、沒帶刀，只帶了一張蓆子便闖進廢墟。

殷士儋一步一步往內走，密密麻麻的雜草擋著路，寸步難行，幸好還有一彎弦月掛在天邊，昏黃的月光下依稀能分辨屋子的輪廓和方向。他一路摸索著走過幾個院落，終於走到最後一棟樓宇。

「哇！景色真遼闊啊。」他沿著樓梯往上爬，發現一處乾淨明亮的露臺，便坐了下來。他抬頭眺望，樓臺、樹叢、遠山層層交疊，月光淡淡暈染在山峰上，好像一幅鑲了銀絲邊的潑墨畫。

他獨自坐了大半夜，什麼事也發生。

「那些荒誕的傳言根本不可信。」殷士儋覺得好笑，平時一有風吹草動，大家總愛胡亂猜測。

他鋪上蓆子，枕著石頭，躺下來觀看星河。夜風陣陣吹來，殷士儋迷迷糊糊的閉上眼睛。

「蹬蹬蹬、蹬蹬蹬……」紛雜的腳步聲從樓梯上傳來。

「難道真的是妖怪來了？」殷士儋假裝熟睡，瞇著眼偷看上樓的是誰？

走在最前頭的是個穿青衣的小丫鬟。她個子嬌小，腳步輕盈。她提著蓮花燈，看到殷士儋躺在露臺上，嚇得連連後退，對後面的人喊：「真奇怪，有個陌生人在樓上。」

下面一個蒼老的聲音問：「是誰呀？」

小丫鬟回說：「我不認得。」

過了一會兒，一位白髮、白眉毛、白鬍子老頭兒上樓。他仔細瞧了瞧殷士儋說：「沒關係，這位是殷尚書。他已經睡熟了，我們忙我們的事，他為人豪爽，應該不會責怪我們的。」

老頭兒說完便領著一群人進屋，把門窗統統打開。

「誰是殷尚書？我嗎？」殷士儋覺得奇怪，他只是個窮書生，尚書可是很大的官，不知為何老頭兒如此稱呼他？

他來不及細想，來來往往的人越來越多，屋裡屋外忙個不停，有人張燈結綵、有人搬桌抬椅，把整棟樓布置得明亮輝煌、喜氣洋洋的。

殷士儋故意咳嗽幾聲，假裝剛剛醒來。

「對不起，先生。」老頭兒趕快走過來，向殷士儋行禮，「今天是小女出嫁的日子，大家忙著準備喜宴，不是有意驚擾您的。」

「哎呀！不好意思。」殷士儋也向他回禮，「我不知道您家有喜事，沒有準備禮物。」

「快別這麼說，您是大貴人，我們請都請不來啊！」老頭兒拉著殷士儋進到大廳，邀請他來喝喜酒，「只要有您坐鎮在這兒，自然就能驅邪避凶，誰敢來搗亂？請先喝一杯吧。」

殷士儋剛剛坐下，就聽到樂聲揚起，有小廝傳報說：「新郎官來啦！」

老頭兒趕緊起身去迎接，殷士儋也好奇的站起來張望，只見許多人提著紅紗燈，領著一位年約十七、八歲，相貌俊秀，風度翩翩的年輕男子走進來。

「這位就是小女的夫婿。」老頭兒向大家介紹新郎，然後和夫人一起請客人們入座，吩咐僕人端酒上菜。

老頭兒剛說完，美麗的丫鬟們紛紛進來伺候賓客，一道道香噴噴、熱騰騰的大魚大肉不停的被端上桌，而且席上用的是金杯、玉碗等珍貴的器皿，每件用具皆是精品中的精品，光彩耀眼。

大家吃喝了一陣子，但新娘子遲遲未露面。

「奇怪，女兒怎麼還沒進來？」老頭兒親自去掀開紅布幔，新娘才在丫鬟和僕婦們的簇擁下，緩緩的從後面走出來。

新娘身上配戴著晶瑩的玉珮，走動時「叮叮噹噹」的發出悅耳的聲響，還散發著濃郁的芳香。

新娘拜見過賓客後，害羞的坐在母親旁邊。殷士儋瞥了一眼，她頭戴翡翠鳳釵，耳繫明珠耳環，真是一位風華絕代的俏佳人。

殷士儋忍不住讚嘆，他從未見過如此奢華的婚禮，不論吃的、穿的、戴的、用的都是稀世珍寶。

「我今天真的太高興了，」老頭兒喝得滿臉通紅，對賓客們說，「我們換個大杯子，一起乾一杯。」

僕人聽了老頭兒的交代，端上八個大金杯。

哎呀！這幾個金杯可不得了，不僅是純金打造的，而且又大又深，一個可裝幾斗的酒。

其實般士儋剛才就一邊吃喝一邊暗自打量，不論是主人或賓客的個子都比一般人矮小，幾位僕人匆忙奔跑間，偶爾還會露出一截尾巴，或是尖尖的耳朵，形狀和顏色都像是狐狸的模樣。

「他們鐵定不是人，而是狐狸變的，狐狸能變出如此盛大的喜宴更是不可思議，這個金杯就是最好的證明。」殷士儋想起之前和朋友們打的賭，便偷偷藏起一個金杯當證據，然後假裝喝醉，倒頭趴在桌上呼呼大睡。

過了一會兒，樂聲再度響起，該是新郎帶新娘回家的時候了。賓客們紛紛告辭下樓，只剩下老頭兒和僕人們收拾杯盤。

忽然老頭兒慌張的說：「糟了，少了一個金杯。」

大伙兒趕緊幫忙尋找，然而搜遍屋裡屋外，還是沒有找到遺失的金杯。

「還有一個人趴在那兒呢，」幾位僕人懷疑殷士儋，竊竊私語，「會不會是他偷走了？」

「噓！」老頭兒卻說，「不要胡說，萬一讓貴客聽到多不好意思。時間不多了，我們再找找。」

不久，四周一點聲音都沒了，殷士儋這才起身，發現燈火已滅，整棟樓恢復得和之前一樣，黑漆漆的什麼也沒有，但還能聞到些許脂粉味與酒香。

「咦？我剛剛做了一場夢嗎？」殷士儋忍不住摸摸袖子，「嗯，那個金杯還在裡頭！我絕不是在做夢。」

這時天色漸亮，殷士儋下了樓，慢慢走出大門。朋友們早已守在門外等候。殷士儋把昨晚的奇遇告訴大家：「我曾聽說狐狸神通廣大，又喜愛變成人的模樣，昨晚總算是親眼見識到了。那個老頭兒和家人、僕人、賓客應該都是狐狸一族。」

「這個故事太離奇，你有什麼證據嗎？」朋友們不肯相信。

殷士儋聽了，立刻從袖子裡掏出金杯。大家面面相覷，這個金杯金光燦燦，作工精緻，一看就是王公貴族才用得起的東西，豈是殷士儋這個窮書生拿得出來的？大家這才相信他沒有騙人。

但狐狸從哪裡弄來的金杯？又成了一個解不開的謎團。

○○○

多年後，殷士儋考中進士，遠赴肥丘當官。

有一次，他受邀到當地的名門世家朱家作客。朱家主人為了招待他，命小僮去庫房取出大金杯宴客。

小僮去了很久，才驚慌的抱著杯子跑回來，並摀著嘴跟主人說了些話。主人一聽臉色大變，好一會兒才回過神，換了杯子向殷士儋敬酒。

殷士儋一看，嚇了一大跳，金杯的款式和上頭的雕紋，和當年

在狐狸喜宴上見到的金杯一模一樣。他忍不住問：「這幾個金杯從哪兒來的？」

「這是我家的傳家寶，是祖輩在京城當官時，找了最有名的巧匠精心打造的。」朱家主人解釋，「原本一共有八個金杯，但剛剛小僮去取時，

才發現莫名其妙少了一個。我本來猜是被人偷走的，但為何只偷一個，而不是統統偷走呢？況且金杯層層包裹密封了十年，外箱布滿灰塵，封條也貼得好好的，不像被動過手腳，實在令人想不透。」

「哈哈，金杯可能是飛走的！」殷士儋把當年的奇遇一五一十說出來，並回家拿出珍藏已久的金杯，還給朱家主人。

殷士儋非常高興，沒想到事隔多年，繞了一大圈，金杯終於物歸原主，也解開了當年的大謎團。即使相隔千里，狐狸依然可以輕鬆的隔空取物，而且有借有還，比人類還守信用呢！

改編自《聊齋誌異．狐嫁女篇》

花花筆記

長老曾去過許多地方，發現各個族群的喜宴風俗都不一樣，不僅禮儀不同，聽說連新娘子的服裝造型也大不相同呢！你參加過喜宴嗎？有沒有注意到哪些跟故事裡不一樣的地方？

隔空取物真是個妙招，不愧是狐狸前輩！不過，這樣不問自取也不太好，如果有需要，還是應該先徵得主人的同意再借，並記得如期歸還喔。

6 我的祖母不是人

「妖怪會不會老？會不會長皺紋？會不會掉牙齒？」花花滿腦子怪問題，不問個明白睡不著。

「哈哈，生老病死就連妖怪也逃不了。」白狸長老說，「趁著這個機會，我來說說一位狐狸祖母的故事吧！」

白狸長老接著說：「狐妖除了到處興風作浪以外，當然也有心地善良、熱心助人的典範。今天要介紹的這位狐狸祖母便是好榜樣，看看她如何運用智慧，讓孫子改掉好吃懶做的壞毛病。」

俗話說：「吃不窮，穿不窮，不會算計一生窮。」這句話中的「算計」不是指耍心眼害人，而是「規劃」的意思。一個人不管吃多少、用多少，即便大魚大肉、穿金戴銀，都不至於變成窮光蛋。但如果不會未雨綢繆、認真工作就慘了，任你有金山銀山也會敗光光，而王成就是一個活生生的例子。

王成原本是一位吃穿不愁的世家子弟。王家在鄉里之間，聲望極高，算是首屈一指的富貴之家，王成的祖父更曾貴為衡王的女婿。可惜傳到王成這一代，他是個懶惰鬼，整天好吃懶做，一會兒嫌讀書累、一會兒抱怨做生意忙，更別說親自下田辛苦幹活了。每天坐吃山空之下，累世的家產迅速耗盡，最後只剩下幾間破屋，裡頭連個家具也沒有，王成夫妻倆只能窩在粗麻編的牛蓑衣上睡覺。兩人互相埋怨，整天吵吵鬧鬧的，日子都快過不下去。

這一年，夏天熱得慌，附近的窮人家晚上睡不著，紛紛躲到村外周家大院乘涼。這座院子荒廢已久，房舍圍牆倒得倒、塌得塌，只剩下一座涼亭，四周有大樹圍繞，倒是能偷個涼睡一覺。

有一天早上，王成醒得晚，大家都已回家了，院子裡只剩下他一個人。

「哎呀！太陽都晒到屁股了。」王成起身回家，經過草叢時，發現裡頭閃爍著微微的金光，王成撥開草叢一看，原來是一支金釵。

「這支金釵看起來挺精緻的。」王成把金釵撿起來，細細查看，釵上刻著「儀賓府造」四個小字。

「儀賓」是王府女婿的稱號。王成大吃一驚，他的祖父曾是衡王府的女婿，因此，以前家裡舊的首飾和器物，多半都刻著這幾個字。

「這支金釵的主人是誰呢？會不會和祖父有關係？」他正猜測時，一位老婆婆匆匆忙忙走過來，低著頭東張西望的，好像在找什麼東西。

王成雖窮困潦倒，但為人耿直，馬上把金釵拿出來詢問：「老婆婆，您是不是在找這支金釵？」

老婆婆高興的說：「沒錯，謝謝你。幸虧找著了，這支金釵雖值不了多少錢，卻是先夫留下來的遺物，對我來說非常珍貴。」

這位老婆婆雖然上了年紀，但眉眼彎彎，眼珠兒又圓又亮，年輕時肯定是個美少女。

王成很好奇金釵的來歷，便追問：「您的先夫是哪位？」

老婆婆回答：「我先夫叫王東之。」

「王東之是我祖父啊！」

王成大吃一驚。

「真巧！」老婆婆爽快的回答，「我是狐仙，一百年前和你祖父相識相戀。自從他死後我便不再回到王家，沒想到昨天路過這裡時把金釵弄丟了，卻碰巧被你撿到，莫非這是老天的安排？」

哇，這樣算起來，這位老婆婆起碼有一百多歲了。王成想起來，小時候的確聽家人說過，已逝的祖父除了妻子外，還有位神祕的狐狸女友。

王成帶著狐狸祖母一起回家看看。她走進王家時嚇了一跳，小小的屋子又舊又破，裡頭空蕩蕩的什麼也沒有。王成的妻子衣衫襤褸，面有菜色，老舊的爐灶上沒有食物也沒有柴火，看起來有一頓沒一頓的。

「唉，顯赫一時的王家怎會淪落到這種地步？」狐狸祖母搖頭嘆息，「你們夫妻倆靠什麼過日子啊？」

王成的妻子悲從中來，哭訴著丈夫的懶惰、家境的貧困。狐狸祖母聽了以後，二話不說掏出金釵，交給王成的妻子說：「把金釵拿去賣了，換點錢到市場上買米煮飯吃。」

「謝謝您，請您留下來吧！」王成苦苦挽留狐狸祖母。

「傻孩子，你連妻子都養不活了，如果我再留下來，大家只能一起眼巴巴的望著天花板挨餓，那有什麼用？你既是先夫的孫子，也就算是我的孫子了，祖母不會放著你不管的。」狐狸祖母說完便走，約好三天後再來。

王成把狐狸祖母的來歷告訴妻子。「狐狸精？」王成的妻子聽了非常害怕，但轉念一想，狐狸祖母和善又慷慨，才漸漸安下心來。

三天後，狐狸祖母依約回來，她拿出一些銀子，給家裡添了些米糧，並督促王成不要再偷懶，趕緊出門做生意，賺錢養活家人。

王成忍不住辯駁：「我沒偷懶，只是沒本錢。」

狐狸祖母也不囉嗦，拿出一大袋銀子說：「你祖父在世時，家裡的金錢和布帛都隨我拿。但我不是凡人，用不著這些東西，所以從未多拿，只存了四十兩脂粉錢，一直留著也沒用處。你快拿這筆錢去買些葛布，這種布料是用葛草纖維織成的，十分透氣、涼快，然後馬上運到京城去賣，應該可以賺點小錢。」

傳說中狐仙都有超能力，不僅能夠預知天氣、地震、洪水等自然現象，也能夠窺測天機，洞悉禍福。王成不敢怠慢，馬上照狐狸祖母的指示，去市場買了五十多匹葛布回家。

「快！你馬上出發。」狐狸祖母估算著，王成若加緊腳步，約六、七天就可以到京城。

臨行前，狐狸祖母又再三囑咐他：「做生意講究時效，路上不要拖拖拉拉，只要晚了一天，後悔也來不及。」

王成答應著，推著小車，載著用油布包好的布匹出發了。

沒想到他走沒多久就遇上大雨，全身的衣服和鞋襪都溼透了。「唉！又冷又累，還是先歇歇吧。」王成雖窮，但從小到大沒吃過這種奔波之苦，早已疲憊不堪，就近找了間客棧，打算歇歇腳再繼續趕路。

但是，大雨直下到晚上都沒停，屋簷下的雨絲好像繩子般綿延不斷。過了一夜，路面又溼又滑，只見來往的行人雙腳陷在泥濘中，小腿上濺滿淤泥。王成心裡連連叫苦，拖著不肯走。到了中午，路面才乾了一些，轉瞬又烏雲密布，大雨狂瀉，王成又住了一夜才繼續上路。就這樣，等他抵達京城時，已比預定時間晚了幾天。

他一進城便找了間旅館住下來，並向老闆打聽葛布最新的價格。

「哎呀！小伙子，你晚了一步啊！」旅館老闆惋惜的說。

原來京城不出產葛布，所有的葛布都是從南方運來的，前幾天道路積水難行，新到貨的葛布非常少，加上今年天氣比往年更熱，許多貴族豪門搶購葛布，收購的價錢一下子漲了三倍。但昨天道路已通，葛布越來越多，價錢便開始下跌。哎呀！狐狸祖母的話果然應驗了，這下子不賣著急，賣了又可惜。

「再等一兩天，看看情形再說。」王成不肯降價。但他不知道，做生意一旦失了先機，價錢就像坐滑梯似的往下掉，這樣一連十幾天過去，王成吃住花了不少錢，卻連一匹布都沒賣出去。

「您還是趕快把手上的布統統賣了吧！」旅館老闆好心勸王成，「說不定還能留些本錢做點小買賣。」

「這趟算是白來了！」王成也想不出其他辦法，只能用低價把布賣了，他估算了一下，不僅沒賺到，還虧了十幾兩銀子。

倒楣的事還沒完，第二天他要回家時，竟發現錢袋空空，賣布的錢全被竊賊偷光了。

「抓不到小偷，就叫旅館老闆賠這筆錢！」旅館鬧成一片，同樣遭竊的幾位客人鼓譟著，叫王成去官府告狀。王成雖倒楣透頂，但不肯牽連別人，便說：「是我運氣不好，與老闆一點關係也沒有。」

「您真是個正直的好人。」旅館老闆感激王成仗義直言，送他五兩銀子當回家的路費。但王成左思右想，總覺得雙手空空，沒有臉回去見狐狸祖母。

正當他猶豫時，看見有人在街上鬥鵪鶉，便和旅館老闆商量：「聽說京城人喜愛鬥鵪鶉。鵪鶉很便宜，我可以買幾隻拿去街上兜售，說不定可多賺一些錢。」

「這個主意不錯。」旅館老闆力挺王成，決定不收他的食宿費，鼓勵他放手一搏。

王成興沖沖的去郊外買了幾籠鵪鶉回來，等著第二天挑到街市上賣。

萬萬沒想到，大雨又來攪局，一連下了好幾天，籠子裡的鵪鶉耐不住，陸續死掉。王成把剩下的幾隻鵪鶉關在一個籠子裡，誰知道過了一夜，籠裡的鵪鶉竟又莫名其妙死了，只剩下一隻還活著。

接二連三的打擊下，王成痛哭流涕：「我大概只有死路一條了。」

「小伙子，不要絕望。」旅館老闆眼尖，「你瞧，這隻鵪鶉體格強健，眼神犀利，說不定其他鵪鶉都是被牠鬥垮的。」

善鬥的鵪鶉價值千金。王成心中燃起一絲希望，於是認真的飼養和訓練這隻僅存的鵪鶉，並帶著牠到處比賽，一場又一場，打遍京城無敵手，贏了許多彩金。這樣過了半年多，王成已賺了二十多兩銀子。

沒多久就是上元節了。人人皆知京城裡的達官顯貴中，最喜歡鬥鵪鶉的非老王爺莫屬，每到上元節，他便命人打開王府大門，和百姓們一起鬥鵪鶉玩。

熱心的旅館老闆拉著王成去比賽，並說：「如果你的鵪鶉贏了，老王爺心癢眼熱，鐵定會出高價買下牠，這樣你不就發財了嗎？」

兩人來到王府時，已有許多百姓抱著鵪鶉來排隊參賽。王爺的鵪鶉們雄赳赳、氣昂昂的，一看就是千挑萬選的戰將，一般的鵪鶉哪能比？很快的，來挑戰的鵪鶉便一隻一隻敗下陣來。

終於輪到王成了。老王爺很識貨，看了一眼王成的鵪鶉便說：「這隻鵪鶉好，雙眼充滿殺氣，是個健將。」

老王爺不敢輕敵，一連換了好幾隻勇猛的鵪鶉上場，卻統統輸了。老王爺急了，命人抱出府中的鶉王「玉鶉」上場。

這隻玉鶉是皇宮裡賞賜下來的，毛似白鷺，一身潔白的雪羽，神采飛揚。

兩隻鵪鶉如上戰場一般，又撲又飛，互啄互咬，纏鬥了好一陣子，玉鶉體力漸漸不支，雪羽紛紛掉落，垂著翅膀逃走了。

「二百兩，賣不賣？」老王爺把王成的鵪鶉抱過來，從嘴到爪檢查一遍，愛不釋手。

「不賣！」王成搖頭。

老王爺說：「我再加一百兩。」

王成又搖頭。

老王爺不死心，繼續加價，一直加到六百兩，王成才終於點頭。這下子不僅把狐狸祖母給的本錢都拿回來，還大賺十幾倍。王成把旅宿費全部還清，心滿意足的動身回家。

兵
兵

王成衣錦還鄉以後，狐狸祖母怕他的老毛病不改，一下子又打回原形，便督促他買了幾百畝良田，自己以身作則，早起晚睡的盯著王成和妻子工作，兩人稍有懈怠便嚴加管教。

就這樣過了三年，王家越來越富有，王成也徹底改變了偷懶的惡習。

一天晚上，狐狸祖母悄悄的離開王家，從此再也沒有回來，但她的故事卻在鄉里間一直流傳下去。

改編自《聊齋誌異．王成篇》

花花筆記

上完這堂課，突然好想念我的奶奶，她雖然年紀大了，記性也不太好，但她最疼我和哥哥了。自從我們來到靈狸學苑，她老人家便擔心我們在山裡會餓肚子，常常送自己特製的點心來給我們加菜呢！你的祖母或祖父會不會也像狐狸祖母一樣，督促你用功讀書呢？話說回來，故事中的旅館老闆真熱心，你遇過這樣的好心人嗎？他曾經幫過你什麼忙呢？

7 真假女友猜猜猜

「花花，你幹麼一直照鏡子，又一直盯著窗外啊？院子裡有什麼好吃的嗎？」小狸盯著一反常態的妹妹問。這小妮子竟然一面整理頭上的花花髮夾，一面偷看著在院子裡掃地，高高瘦瘦的狸貓學長，好像在期待什麼……

「花花是不是有心儀的對象啦？」白狸長老關心的問。

「戀愛會變傻嗎？」小狸指著花花。

「戀愛就是這樣，尤其是第一次談戀愛，心情七上八下，甜蜜又

帶點青澀，無時無刻都想著對方……」白狸長老瞇著眼睛，好像在回憶遙遠的過去。

「咦？長老也戀愛過嗎？」小狸插嘴道。

「咳！那是自然，你這個小屁孩哪會懂？接下來要講的便是一個少年郎初戀的故事，這段戀情十分曲折，還是在一隻淘氣的狐狸精幫助之下，才終成眷屬的喔！」

◆ ◆ ◆

遼東海州有位書生名叫劉子固，從小被爸媽捧在手心上，要什麼有什麼，從來不識愁滋味。

十五歲那年，他第一次出遠門，帶著僕人到蓋州探望舅舅。少年人貪玩，這兒逛逛，那兒走走，無意間看見街上的雜貨店中，有一位美麗無比的少女。

他一見鍾情，眼光跟著少女轉啊轉，一心想認識她。

劉子固在街邊等了很久，等到店裡沒有其他客人時，趕緊走進店裡對少女說：「姑娘，我想買把扇子。」

女孩看有生意上門，連忙叫父親出來招呼。

「糟糕！」劉子固情急之下，假裝嫌價錢太貴，溜走了。但他沒有走遠，悄悄待在對街，等女孩的父親走回房裡，再趕快跑回來。

劉子固怕她又去喊父親，搶先開口：「姑娘，隨便你開個價，我絕不會捨不得。」

「哦？」少女眼眸一亮，淘氣的問，「真的嗎？多少錢都可以？」

劉子固看著少女，結結巴巴的說不出話。

「這個傻瓜。」少女在心裡偷笑，故意開了很高的價錢。

「什麼？這麼貴？」劉子固嚇一跳，雖然明知當了冤大頭，仍二話不說付了錢，拿著扇子回家。

第二天，劉子固又再度上門買東西，照樣隨少女開價，乖乖付

錢不囉嗦。

他前腳剛離開店裡，女孩就追出來說：「喂，等一下，我剛剛是跟你開玩笑的，你買的東西沒那麼貴。」

女孩把一半的錢還給劉子固，她只想逗逗這位傻公子，並不是真的想騙錢。

劉子固心中欣喜，

這位少女不僅外表美麗，還是個正直爽朗的女孩。

從此以後，劉子固常常趁少女父親不在時，到店裡買這個買那個的，兩人一天一天熟悉起來，也得知了少女名叫姚阿繡。

每次劉子固買了東西，阿繡總會細心的用紙包裝好，又怕紙包不緊，再用舌尖舔一下紙邊，輕輕的黏起來。

「這上面有阿繡的香味呢！」劉子固把它們當成寶貝抱在懷裡，回家後也捨不得拆開。

這樣過了半個月，僕人發現劉子固天天往外跑，以及他的戀愛小祕密，便向劉子固的舅舅告密，逼他立刻回家。

劉子固回到海州後，一直悶悶不樂。他把從阿繡那裡買來的香帕、脂粉、團扇等，偷偷收藏在書房的一個小箱子裡，等家裡沒人時就關起門，一個個拿出來看一遍。

「阿繡呢？是不是也在想念我？」劉子固睹物思人，整顆心裝滿女孩的一顰一笑。

好不容易熬了一年，劉子固找了個藉口再度去探望舅舅。他剛放下行李就跑到雜貨店去找阿繡。但是好奇怪，店裡的門窗都關得緊緊的。

「阿繡父女是不是出門了？」劉子固失望的回舅舅家。他不死心，第二天特別起個大早，又跑到雜貨店尋阿繡，但店還是沒開。他著急的向附近鄰居打聽，「因為生意不好，姚家父女倆關了店回老家探親，也不知道什麼時候會回來。」鄰居的答案澆了他一桶冷水，一顆火熱的心從天上跌到地下。

劉子固心情沮喪，住沒幾日便回了海州。

◇◇◇

回家後，劉子固整日愁容滿面，母親興沖沖的幫他安排相親，但他說不肯就不肯，推了好幾回，把母親氣得半死。

母親起了疑心，僕人只好把劉子固斷了線的戀情說出來。「這孩子怎麼隨隨便便就愛上一個人？」劉母非常生氣，兒子變得一點都不聽話，於是不准他出門，並派人嚴加看管，免得他逃跑。

少年郎，情切切。劉子固吃不下飯，也讀不下書，一日一日萎靡下去。

眼看兒子情況越來越差，母親心疼極了，轉念一想，不如滿足兒子的心願，於是叫他立刻去蓋州，託舅舅向姚家提親。

但老天跟他開了個大玩笑。舅舅從姚家帶回了壞消息，「來不及了，阿繡已和別人訂婚，快要出嫁了。」

劉子固心灰意冷，失魂落魄的回到海州。

他念念不忘阿繡，常常捧著那只充滿回憶的小箱子哭泣，只希望世間還有第二個阿繡。

剛巧有媒婆上門來說親，打包票說：「臨縣有位黃家姑娘，是當地的第一美人。」

「媒人嘴，能把爛泥說成金。」劉子固雖不信，但拗不過母親的催促，只好動身去相親。

剛進城，劉子固看見一戶人家，兩扇門扉半開半闔，屋裡有一位姑娘，身影很像阿繡。

「我眼睛花了嗎？」他忍不住再看一次，那位姑娘正好往外瞧，容貌和阿繡好像同一個模子刻出來似的。

「沒錯，一定是她！」劉子固的心怦怦跳個不停。他怕僕人回家告密，藉口要留在城裡尋友，在姑娘家東邊租了間房子住下來，並四處打聽那位姑娘的姓名。

但奇怪的是，街坊鄰居都說這家人姓李，不姓姚。

「真奇怪，世上怎會有長得如此相像的兩個人呢？」劉子固找不到機會問個明白，只能守在姑娘家門外，苦苦盼望她再次出現。

有一天傍晚，姑娘終於出來了。她看見劉子固立刻轉身，伸手往屋後指，又將手掌貼在額上，才進屋去。

「她在向我打暗號嗎？」劉子固心花怒放，卻弄不明白姑娘的意思。他想得出神，無意間走到後院，那兒非常荒涼，雜草叢生，西邊有一堵矮牆，差不多和肩膀一樣高。

他心中一動，蹲在草叢裡等著，過了很久有個女子從牆上探出頭，小聲問：「公子來了嗎？」

「我在這兒。」劉子固站起來，仔細看著那個女子，不是阿繡又會是誰呢？

劉子固看著阿繡，心中激動，淚如雨下。他原以為這一生再也見不到她了，但又納悶她怎麼會出現在這裡？

「這是我表叔家，表叔姓李。」阿繡隔著牆，探過身用手帕輕輕幫劉子固擦淚。

這是巧合？還是緣分？

久別重逢，兩人有說不完的話。劉子固先回去把僕人打發走，過了一會兒，阿繡悄悄的翻牆過來。她沒有擦脂抹粉，一身衣裳也是之前穿過的舊衣，但在劉子固的眼中她還是美麗如昔，一點也沒改變，只是臉頰和身形都比從前消瘦了些。阿繡悠悠說起往事：「其實我沒有訂婚，只因父親不願我遠嫁海州，才故意騙你舅舅的。」

兩人細細訴說著相思之情，不知不覺天快亮了，阿繡才急忙溜回表叔家。

從此每天晚上兩人都偷偷約會，好像一對小情侶，這樣過了半個多月，劉子固從來不提回家的事，也把相親之事忘光光。

有一天晚上，僕人半夜起床餵馬，看見劉子固房裡還亮著燈。他偷偷往裡頭看，居然有個姑娘在屋裡，而且面貌和阿繡非常相似。

僕人又驚又疑，但不敢追問。第二天一早他上街打探消息，再回家詢問劉子固：「昨晚來的那位姑娘是誰？」

劉子固起先不肯說，但禁不住僕人再三追問，才不好意思的說：「那是阿繡，隔壁是她的表叔家。」

「不可能！」僕人搖頭，「我已調查清楚，東邊那家住著一位孤老太太，西邊那戶只有一個小孩，兩家都沒有親戚。」

「這座宅院冷冷清清的，難免招來鬼怪。」僕人警告劉子固，「那個阿繡一定不是人類，否則哪有人同一件衣服穿了好幾年還不換的？而且她雖然長得很像阿繡，但臉色太白，兩頰瘦削，笑起來臉上也沒有小酒窩，還是阿繡比較漂亮。」

僕人的話好像一根大棍子，重重的敲醒夢中人。

劉子固越想越害怕，不停的嚷著：「怎麼辦？怎麼辦？」

僕人說：「妖怪有妖術，我們倆恐怕打不過她；不如我拿著兵器在外面埋伏，等她走進屋裡，再衝進來偷襲她。」

天黑後，假阿繡又來了，但她一進門便板著臉問劉子固：「你為什麼懷疑我呢？我和你相處那麼久，難道有傷害過你嗎？」劉子固被她這麼一嗆，不敢回話。這時「砰」一聲，僕人推開門，拿刀衝進來。

「放下！」假阿繡轉頭大聲喝斥僕人。

她才說完，「咚」的一聲，僕人手上的刀就掉在地上，好像被什

麼人奪走一樣，好厲害的妖術！劉子固看了更加害怕。

「瞧，」假阿繡走向劉子固，「我雖然不是阿繡，但自認長得還不錯，難道永遠比不上她嗎？」

劉子固嚇得汗毛直豎，驚慌失措的說不出話來。

「傻瓜，我又不會把你吃了。」假阿繡噗哧一笑，「我先走嘍，等你洞房花燭夜，我再回來與真阿繡比一比，看看誰比較美？」

假阿繡說完，轉身化成一隻狐狸往外跑，消失在夜色裡。

劉子固這才知道，自己碰上了狐女。雖然飽受驚嚇，但被狐女一鬧，他又想起了阿繡。

既然狐女說過，阿繡訂婚的事是假的，劉子固心中又燃起一絲希望，日夜奔波趕到蓋州向姚家提親。

但這不過是另一個謊言。阿繡父女倆回鄉相親還沒回來，家中只剩阿繡的母親，並不知道相親的結果。

劉子固心裡七上八下，卻又放不下阿繡，只能守在蓋州等他們回來。

可惜人算不如天算，沒過幾天戰事爆發。

劉子固急忙收拾行李逃走，途中和僕人失散，被士兵抓個正著。

幸好士兵看他是個文弱書生，沒有多加防備，劉子固趁機偷了一匹馬，匆匆逃往海州。

就在快到海州時，他看見路上有一位姑娘披頭散髮、灰頭土臉、跌跌撞撞的走著。那位姑娘遠遠看見他的身影，連忙大喊：「馬上的人是不是劉子固公子？」

劉子固停下馬鞭，仔細一看，正是苦苦尋覓的阿繡。

「你是真的阿繡？」劉子固驚喜交加，卻擔心又遇上狐女作怪。

「你為什麼會這麼問？」阿繡覺得好奇怪。

劉子固便把狐女之前冒充她的事說了一遍。

「我是真的，不是假的。」阿繡鄭重的保證，並說起死裡逃生的經過。

「因為兵荒馬亂，婚事還沒談妥，父親便帶我逃難。路上我被一個士兵抓了，他把我丟在馬上，但我老是從馬上跌下來。

「後來忽然出現了一位戴著面紗的姑娘，她一路拉著我的手在隊伍裡逃竄。她健步如飛，我拚命跑也跟不上，才跑個幾十步，鞋子就掉了好幾次。

「我們跑了很久，直到聽不見兵馬嘶聲，那位姑娘才放開我的手。她告訴我，沒多久我會遇上一位愛我的人，一定要跟他一起回家，然後就消失得無影無蹤。」

「一定是狐女救了阿繡！」劉子固聽了感激不已。他把真阿繡抱到馬上，兩人共騎一匹馬回家。

◇◇◇

劉子固帶著阿繡回到家，把逃難的過程仔細告訴母親。母親聽了心疼，急忙叫僕人幫阿繡梳洗打扮。

待梳妝過後，阿繡容光煥發，好像一朵嬌豔的小花。劉母看了歡喜，笑說：「真漂亮，怪不得我家傻兒子連在夢中都忘不了你。」

經過幾番波折，有情人終成眷屬。劉子固心滿意足，拿出那只小箱子給阿繡看，裡面收藏的東西都保存得好好的，沒有動過。

他隨手打開一盒胭脂，怪叫一聲：「哎呀！盒裡怎麼是紅土？」

「你現在才發現啊？」阿繡搗著嘴咯咯笑，「那時你來店裡買東西，隨便我包什麼，你都不檢查，就跟你開了個小玩笑。」

兩人正在嬉笑間，一位女子掀開門簾進來說：「恭喜小倆口新婚快樂，是不是應該好好謝謝媒人啊？」

劉子固一看，又是一個阿繡！

家人們聽到動靜也來圍觀，兩個阿繡幾乎一模一樣，沒有人能分辨出誰是真的，誰是狐狸變的？劉子固也搞糊塗了，瞪大眼睛認了半天才認出來，向狐女拱手道謝。

「到底誰比較美啊？」狐女不死心，要來一面鏡子，左看右看了好一會兒，最後自嘆不如，害羞的跑出門外，消失在夜色中。

隱隱約約中，只聽見狐女輕聲唱著：「前世姊妹再相逢，真假情人又何妨？」

原來狐女和阿繡前世是一對姊妹，今世妹妹投胎成人，狐女便以這樣的方式默默守護她。

改編自《聊齋誌異．阿繡篇》

花花筆記

狐狸阿繡還是很善良的，願意幫助這對有情人終成眷屬。原來狐狸前輩們也不是只會搗亂，有時候還是頗通情理的，真不知道能不能拜託她來幫幫我，讓學長知道我的心意呢？讀完這幾篇狐妖與人類鬥法的故事，你覺得狐妖真的都很壞心嗎？其實這些狐妖的性格大不相同，有好有壞，有的聰明，有的笨，有的有情有義，有的小心眼愛記仇……在這些故事中出現的狐妖形象，你最喜歡哪一個呢？

8 白鱀豚戀人

夏日炎炎，白狸長老的聲音好像催眠曲，小狸和花花聽得昏昏欲睡。

「變變變！」白狸長老大喝一聲，揮揮手，拋下一條藍色手巾。

小狸兄妹瞬間驚醒，只見藍色手巾蜿蜒而下，發出「嘩啦啦」的水聲，變成一條奔騰小河。

「長老也太厲害了吧！」小狸和花花巴不得立刻跳下去玩水。

「等一等，你們知道水系中也有許多厲害的精怪嗎？」白狸長老

說，「這堂課採用沉浸式教學，《聊齋誌異》裡，除了狐狸之外，還記載了多種修練成精的水中動物。接下來要介紹的這位白鰭豚姑娘，不僅通詩文、懂經商，甚至勇敢追愛。為了解救老母親，更不惜犧牲自己，到底她有多勇敢呢？讓我們來讀她的故事吧！」

◎◎◎

月光下，風輕輕吹，江水咕嘟咕嘟的流轉而下。一艘木製貨船停靠在江邊，從船艙裡傳出朗朗的讀詩聲。

吟詩的是少年小慕。小慕從小喜愛詩文，但他的父親是個生意人，父親認為文人謀生不易，幸運的考中科舉、當上官員，但是官運好不好，又是另外一回事；沒考上的就更慘了，只能賺幾個教書錢，吃穿都不夠用，乾脆帶著兒子南來北往的學做生意。

每年冬雪初融，小慕父子便乘船南下採辦貨物。南方的絲綢、瓷器在北方可稀奇了，只要搶占先機，便能賣個好價錢。

這次父子倆來到湖北採購，小慕趁父親下船辦貨，偷空拿出詩集吟誦。他聲音宏亮，節奏分明，唸起詩來特別有韻味。忽然，小慕發現窗外有人輕輕的來回踱步，彷彿在聽他吟詩。

今晚月光皎潔，人影照在紙窗上十分清晰。

「咦？船上不是應該只有我一個人嗎？」小慕覺得疑惑，走出船艙查看，看見一位十五、六歲的絕美少女。

她膚白如雪，穿著一襲白衣裙，映著月光如白玉般透亮，而且一雙烏黑的眼眸水靈靈的，清澈動人。

她看見小慕出來，害羞的低頭離去，消失在船的那一頭。

「是附近的漁家少女？她也喜歡詩嗎？」小慕雖然有滿腹疑問，但少女婀娜多姿的身影從此留在他心裡。

沒多久，貨物統統辦齊了，小慕父子沿著水路乘船返回北方。船行到一座大湖邊時，父親下船處理事務，獨留小慕一個人看船。

突然，一位陌生的老太太闖進船艙，衝著小慕劈頭就罵：「小郎君，你可把我女兒害慘了！」

「老太太，您是不是弄錯人了？」小慕驚訝道，「我根本不認識您的女兒。」

老太太說：「我是白大娘，有個女兒名叫小秋。那個傻姑娘喜歡讀書人，前幾日碰巧聽到你在唸詩，從此念念不忘，飯也不吃，覺也不睡，把自己弄得病懨懨的。」

白大娘心疼女兒，便親自上門提親，希望把小秋嫁給小慕。

小慕聽了恍然大悟，那天在船上遇到的原來就是白大娘的女兒。

小慕非常喜歡小秋，但父親向來嚴格，不敢擅自答應這門婚事。

「哼！我這趟算丟臉丟到家了。我倒要看看，你們父子倆走不走得了？」白大娘以為小慕只是在推託，臉色一沉，氣沖沖的走了。

小慕等父親回船，吞吞吐吐的把白大娘求親的事說了出來。

「哼，莫名其妙的老太婆，誰知他們是什麼樣的人家？安著什麼心眼？」父親堅決反對，小慕也不敢再多說。

說也奇怪，原本停船的湖邊水位很深，可以淹沒過船槳，不料半夜卻突然掀起陣陣狂風，沖進大量的砂石，導致附近的船隻全都擱淺，動彈不得。

「呵呵，賺錢的機會上門了！」小慕的父親並不擔憂，反而打起如意算盤。這個地區常常發生擱淺事件，但到了第二年春天，降雨增加，湖水高漲，原先困在沙洲的貨船反而可以趁別家商船未到，搶先運貨上市，提高價格，大賺百倍以上。

父親囑咐小慕留下來看守船隻和貨物，自己回家去籌措資金，明年春天再回來和兒子會合。

小慕聽了暗自高興，這下子他可以趁機去小秋家探病，但轉頭一想，他根本沒問白大娘住在哪兒？

不久天黑了，白大娘忽然出現，扶著小秋慢慢走上船。

小慕嚇了一跳，才幾日沒見，小秋竟一臉蒼白，毫無血色，好像風一吹就要倒了似的。

「這個傻丫頭大概活不了多久了，」白大娘嘆口氣，「我把她交給你，希望你們倆能多相處幾日。」

白大娘將小秋扶進船艙後就離開了。小秋整個人昏昏沉沉的，虛弱不堪，眼睛卻依舊清澈明亮，非常美麗。

「你還好嗎？」小慕問。

「為郎憔悴卻羞郎。❷」小秋低聲的唸了一句詩，就虛弱得說不出話了。

啊！原來是唐代詩人元稹的情詩，小秋的心意深深感動了小慕。

夜色越來越深，小小的船艙一片漆黑。小慕點了一盞燭燈，微弱的光亮下，小秋的影子淡淡的照在紙窗上。小慕想起兩人初見的那一夜，現在他唯一能做的，大概就是為她朗讀幾首詩。

小慕抓到一絲希望，日夜不停的為小秋唸詩。

雖然湖邊的天氣越來越冷，接連幾日大雪，使湖水都結成了冰。但是奇蹟似的，小秋的身體慢慢恢復健康。

小秋病好之後，自願留下來幫小慕看船、點貨。她又能幹又勤勞，不論貨物、帳款都整理得井井有條。

「你會做生意嗎？」小慕很驚訝。

小秋眨眨眼說：「我從小幫媽媽工作，邊看邊做就學會了。」

小倆口互相喜歡，一起在船上生活和工作，就像一對小夫妻。

但是一轉眼，春天來臨，小慕的父親就快回來了，小秋變得憂愁不安，常常躲在角落小聲哭泣。

「你又生病了嗎？」小慕擔心的問。

「如果你父親發現我們還沒結婚就住在一起，」小秋低聲說，「一定會看不起我，毫不留情的趕我走。」

小慕啞口無言，父親的脾氣他最清楚。

小秋擦乾眼淚，向小慕告別：「我先離開一陣子，並設法拖延幾個月，再慢慢想辦法。你若想我了，便在船頭唸一首詩，我自會來見你。」

她連夜下船離去，不管小慕怎麼追問，小秋都不肯透露家住在哪兒，或是任何有關白大娘的事，也不准小慕跟來。

過沒幾天，小慕的父親回來了。

他興高采烈的計劃著，等湖水一漲就立刻開船，好好大賺一筆。但奇特的是，往年春天雨下得多，湖水很快就會上漲，然而今年卻不知為何一直沒下雨。

這期間小慕和小秋常常以吟詩為暗號，瞞著父親偷偷相會，無論如何都捨不得說再見。

到了四月底，各家船商再也等不了，紛紛哀號：「慘了！再不開船，我們一定會落得血本無歸。」

大家湊了些錢，一起到廟裡向湖神求雨。巧的是，端午過後總算下了幾天雨，湖水大漲，擱淺的船隻終於一一起航。

離別終於來臨，船行越遠，相思也越濃。小慕回家後便病倒了，看了許多大夫都沒有用，病情反而越發沉重。

「我只想再看小秋一眼。」小慕覺得無望，便把事情始末都告訴了父親。父親聽了本來很生氣，但看著小慕奄奄一息的樣子，也顧不上其他，連忙帶兒子回到湖北，僱船停泊在老地方。

父親四處打聽白大娘和小秋的消息，但附近沒有一個人認識她們母女。

「真奇怪，難道她們搬走了嗎？」小慕的父親正焦急，白大娘卻突然現身湖邊，親自划著小船把小秋送過來。

「原來是流浪的水上人家。」小慕父親心想，怪不得找不著。

小秋的眼睛腫腫的，看起來已哭了好幾天。

小秋撲倒在小慕床邊，哭著說：「你一定要快快好起來，我不會再離開你。」

在小秋不眠不休的照顧下，小慕的病情漸漸好轉，很快就可以下床走動。但小秋心知肚明，小慕的父親並不喜歡自己，說不定等小慕病好了，又會嫌棄她、趕走她。

小慕著急的問：「那該怎麼辦？」

「投其所好！」小秋眼睛一轉，「你忘了嗎？父親是商人，我可以幫忙做生意，而且保證賺大錢。」

「哼！一個漁家女哪會懂做生意？」小慕的父親不信。

「請您試試看吧。」小秋說，「我和媽媽一直住在洞庭湖，往來的貨船很多，因此消息十分靈通。哪些貨物能賺錢，哪些會賠錢，都逃不過我們的眼睛。」

做生意就是要搶得先機，小慕的父親半信半疑，照著小秋的建議買了幾次貨，一轉手就賺了不少錢。

「呵呵，這個媳婦眼光真不錯。」小慕的父親看著白花花的銀兩，像流水一樣湧進來，對小秋大為改觀，便同意讓小秋和小慕結婚，一起回北方。

臨行前，小秋向白大娘道別，並裝了一大罈湖水帶走。小慕覺得奇怪，但並沒有攔阻。

更奇怪的是，回到北方後，小秋每次吃飯時都要加上一匙湖水，就像別人沾醬油、加醋一樣。

而在小秋的幫助下，小慕家的生意蒸蒸日上，父子倆每年從南方進貨，轉手就能以高價賣出，穩賺不賠，獲利多了好幾倍。而他們每次到南方，一定不會忘了幫小秋帶幾罈湖水回來。

小慕和小秋幾經波折才結婚，又興趣相投，婚後非常恩愛。過了三、四年，小秋生了個兒子，一家人過著幸福快樂的生活。

但有一天不知為何，小秋忽然大哭不止，吵著要回南方。

「小秋一定是很想念母親吧？」小慕父子便趁著南下的機會，帶小秋一道回家鄉探親。

湖邊景色依舊，但白大娘卻失蹤了。

小秋僱了船在湖上尋找，發瘋似的敲著船舷，喊著：「媽媽，你在哪兒？」

可惜她的呼喊彷彿掉進深淵，沒有濺起一絲波紋。

「你去打聽一下，最近有沒有什麼怪事？」小秋催小慕下船。

小慕沿著湖邊到處探聽，聽說有位漁翁捉了一條罕見的白鰭豚。

「啊！好奇怪的魚！」小慕趕過去一看，魚攤上竟有條像人一樣大的魚，魚腹上還有一對大胸脯，模樣就像個老婦人。牠兩眼失神，嚴重脫水，奄奄一息。

他又驚又奇，趕快回船上將此事告訴小秋。

小秋聽了大驚失色，大喊：「快！再晚就來不及了。」說完就拉著小慕匆匆趕往魚攤，要把大魚買下來放生。

「這條大魚可是個稀罕貨，至少要賣十兩銀子！」漁翁看小秋急切的模樣，獅子大開口。

小慕正猶豫著，小秋氣得痛罵：「這幾年我為慕家賺了上萬兩銀子，為什麼還要斤斤計較這點小錢？」

小慕知道妻子著急，立刻掏錢將大魚贖回來，把牠放回湖裡。

大魚一溜進水裡，馬上沉下去，消失在茫茫湖水中。

當晚，小秋趁夜深下船，直到天快亮時才回來。小慕自然不敢

告訴父親，只得偷偷問她半夜去哪了？

「我去探望媽媽。」小秋回答。

「白大娘？」小慕覺得很奇怪，她不是下落不明嗎？

「唉，實不相瞞，」小秋說，「你今天放生的那條大魚就是我媽媽。她是一隻老白鰭豚精，一直在洞庭湖幫老龍王管理往來船隻。但是最近老龍王聽信讒言，把她放逐到南岸。她餓得死去活來，忍不住吞了漁翁的釣餌，才釀出這場大禍。」

「原來你是白鰭豚精。」小慕倒也不驚訝，他一直覺得圍繞在妻子身邊有許多謎團，現在總算有了答案。

小秋又對小慕說：「如果你嫌棄我不是人類，我立刻就走，否則就請你幫我一個大忙。」

原來白大娘雖然沒有死，但龍王的放逐令並未收回，只有真君仙人才救得了她。

「我要到哪兒去找真君？真君又怎會聽我的請求？」小慕面露難色，他只是一介凡人，但是為了妻子，再難的事也得試一試。

小秋心中已有盤算，她告訴小慕：「明日下午你去湖邊找一位跛腳道士，那位道士就是真君。」

她又從袖子裡掏出一條魚腹綾交給小慕說：「你一定要緊緊跟

著真君，把這條綾巾交到他手上，或許可以打動他。」

第二天中午一過，小慕就跑到湖邊等著，果然看見一位道士一瘸一拐的走過來，便趕緊向他下跪。道士二話不說，轉頭就跑，小慕追過去，道士把手杖往湖裡一丟，縱身跳上去。小慕毫不退縮，跟著跳上手杖。

神奇的是，腳下原來細窄的手杖已經變成一艘船！

「小伙子，你到底想做什麼？」道士問。

小慕拿出綾巾交給道士，他驚訝的說：「這不是白鰭豚的鰭嗎？怎麼會在你手裡？」

小慕趕緊告訴真君老白鰭豚精遭難的事。

「老龍王真是老糊塗！」道士說，「小豚真孝順，願意犧牲自己救母親，但她以後恐怕再也不能回到湖裡。」

道士說完拿出筆，在綾巾上寫了個「免」字丟進湖裡。湖面上立刻出現一個大漩渦，把綾巾捲進湖底。

「哈哈，成了！老龍王不敢不聽話。」道士把小慕送上岸。

小慕回頭一望，「咦？船呢？真君明明就踏在手杖上啊？」但一眨眼，道士和手杖竟統統消失不見了。

事情總算圓滿解決，小慕帶小秋回到北方。不過他們還是決定瞞著父親整件事，免得嚇壞他。

又過了三年，小慕的父親再度南下做生意，好幾個月沒回來，家裡儲存的湖水已經喝光。

小秋日漸虛弱，不停的喘氣，臨死前吩咐小慕：「如果我死了，請不要把我埋在土裡。等父親帶湖水回來，你就倒進盆子裡，把我整個人浸泡在裡頭，說不定還有一線生機。」

可憐的小秋喘了幾天就斷氣了。

小慕不敢將這個消息告訴任何人，只能偷偷把小秋的身體藏起來，天天唸詩給她聽。

過了半個月，小慕的父親終於回來了。小慕急忙依照小秋說的方法試試看。浸了兩個多鐘頭，小秋嘴邊冒出許多小泡泡，終於漸漸甦醒過來。

小慕喜極而泣，他的白鰭豚戀人終於又回到他的身邊。

改編自《聊齋誌異．白秋練篇》

---

❷ 郎，舊時婦女對丈夫或所愛男子的稱呼。憔悴，身形或面貌消瘦。因為思念郎君而面容憔悴，可是一見到郎君又感到羞怯。形容舊時少女墜入情網的羞怯神態。語出唐代元稹的小說，《鶯鶯傳．寄詩》：「自從銷瘦減容光，萬轉千迴懶下床。不為傍人羞不起，為郎憔悴卻羞郎。」

小狸筆記

哇！想不到久居湖中的白鱀豚也能修練成精，還這麼勇敢，明知失去鰭後，便再也回不了水裡，卻願意為了救出媽媽而犧牲自己。故事裡的小慕也很重情重義，即便得知妻子是豚精，依然不離不棄，甚至幫她解救了白大娘，真是難得。如果你是小慕，在一開始就得知小秋的身分，會願意跟小秋在一起嗎？如果在一起之後，才得知對方是妖精，你還願意幫助她嗎？說說你的看法吧！

9 青蛙大神挑女婿

傍晚，花花在池邊修練幻化術，一隻青蛙突然跳過來，剛好跳到她腿上。「哎呀，又溼又黏的真討厭！」花花把腿一抬，用力把青蛙甩開。

白狸長老連忙阻止說：「花花，你沒聽說過『不要惹青蛙，厄運甩不掉。』這句話嗎？」

小狸插嘴問：「青蛙很厲害嗎？」

長老點頭道：「既然狐狸、白鰭豚能成精，青蛙當然也能成為

青蛙精嘍！狐狸精聰明刁鑽、豚精深情相伴，那麼青蛙精，又是什麼性格呢？今天故事中的老青蛙，還相中了一位人類當女婿，這可傷腦筋了，人跟青蛙結婚到底會發生什麼事呢？讓我們來看看青蛙大神挑女婿的故事吧！」

◎◎◎

「呱呱呱、呱呱呱……」在長江漢水一帶，湖泊、河流交錯綿延，時常有青蛙出沒。蛙群龐大，聲勢驚人，久而久之，當地的居民都相信青蛙成了精，具有強大的力量，便興建祠堂供奉青蛙。

祠堂裡的青蛙不知有幾百萬隻，還有人親眼見過像蒸籠那麼大的巨無霸青蛙。萬一有人不小心觸怒了青蛙，家裡便會發生怪事，例如屋裡突然竄出許多青蛙，不停的在桌椅、床鋪間蹦蹦跳跳；或者爬到光滑的牆壁上動也不動的嚇人。而這些還只是小警告，更可怕的是，不知後頭青蛙精還要搞什麼大破壞，除非人們誠心到青蛙祠道歉賠禮，否則絕對躲不了一場災禍。

反正當地人都知道一句話：「不要惹青蛙，厄運甩不掉。」

湖北地區有個薛老爹，他的兒子小昆從小聰慧俊美，人見人愛。當小昆六、七歲時，有一天，一位身穿青衣的老婆婆上門來提親，她對薛老爹說：「我是青蛙大神派來的，他想與貴府結個娃娃親，讓女兒十娘和小昆訂親。」

薛老爹是個老實人，聽了心裡直打鼓，他可不願意寶貝兒子娶青蛙，便藉口小昆年紀還小，不宜訂親，把這件婚事給推了。

過了幾年，小昆漸漸長大，薛老爹怕青蛙又找上門，趕著幫小昆和一戶姓姜的人家訂了親。沒想到第二天，就有一群青蛙去姜家鬧事，姜家人嚇壞了，趕忙把聘禮統統退還給薛老爹。

薛老爹憂心如焚，準備了好酒好菜去祠堂懇求青蛙大神：「我們只是平凡人家，不敢和神仙結親，請不要再來了。」

他剛說完，就發現帶來的酒菜中出現密密麻麻的大蛆，四處蠕動逃竄。「這該怎麼辦？」薛老爹快急死了，就怕青蛙來找碴。

過沒幾天，小昆在街上被青蛙使者攔住，帶到一座豪華的朱門大院裡。

大廳上坐著一位身著青色錦袍，年約七、八十歲的老人家，丫鬟和僕婦們看見小昆，紛紛跑過來，鬧哄哄的圍著他瞧。

「老先生，您就是青蛙大神吧！」小昆禮貌的拜見對方。

老人點點頭，請妻子帶女兒十娘出來見客，並說：「婚姻是終身大事，父母只能做一半的主，另一半還得由你們倆自己拿主意。」

他剛說完，一位老太太領著一位豔麗絕倫的少女從屋裡走出來。「好漂亮的女孩！」小昆睜大眼睛，盯著少女看，結結巴巴的一句話都說不出來。大家都笑了，這婚事鐵定能成！

小昆趕緊回去稟明父親，要娶十娘為妻。薛老爹不肯答應，兩人正在爭辯時，大隊人馬敲鑼打鼓的抬著一頂小花轎來到薛家門口。「青蛙新娘自己送上門？」薛老爹來不及阻止，只得答應了這門婚事。當天晚上小倆口正式拜堂，成了一對小夫妻。

不過這對新人年紀輕輕，都還是個大孩子。小昆性子急，脾氣爆；十娘嬌生慣養，連根針也不曾拿過，而且受不得委屈，又不肯

囍

服輸。小倆口時而如膠似漆，時而吵得臉紅脖子粗，誰也不讓誰。

自從兩家結親以來，青蛙神夫婦常來探望女兒，當他倆穿紅衣來，就表示喜事臨門；他倆穿白衣，當天就特別有財運。因此薛家事事皆能趨吉避凶，一天比一天興旺。

不過凡事有好就有壞，薛家的大門口、廳堂、籬笆，甚至廁所……到哪裡都有大群青蛙，個個活蹦亂跳，叫聲又大又聒噪，薛家老老少少沒人敢惹牠們，只有小昆完全不把牠們放在眼裡。有時脾氣來了，不分輕重，一腳便踩扁一隻青蛙。

「你怎麼不尊重生命呢？」十娘又氣又急。

「活該，誰叫牠們那麼囂張？」小昆不肯低頭，「大家不敢惹青蛙，說穿了，只不過是怕你的父親老青蛙神而已。但男子漢大丈夫有什麼好怕的？」

十娘氣得跳腳，說：「自從我嫁給你，給薛家帶來多少好處？不僅讓你家五穀豐收，做生意也賺大錢，現在一家老小吃飽喝足，就想忘恩負義嗎？這不就像傳說中夜鴞的翅膀長硬了，便去啄媽媽的眼睛嗎？」

這番話如同火上加油，小昆惱羞成怒的大叫：「我還嫌青蛙帶來的財富不乾不淨，不堪留給後代子孫。我們不如早早分手吧！」

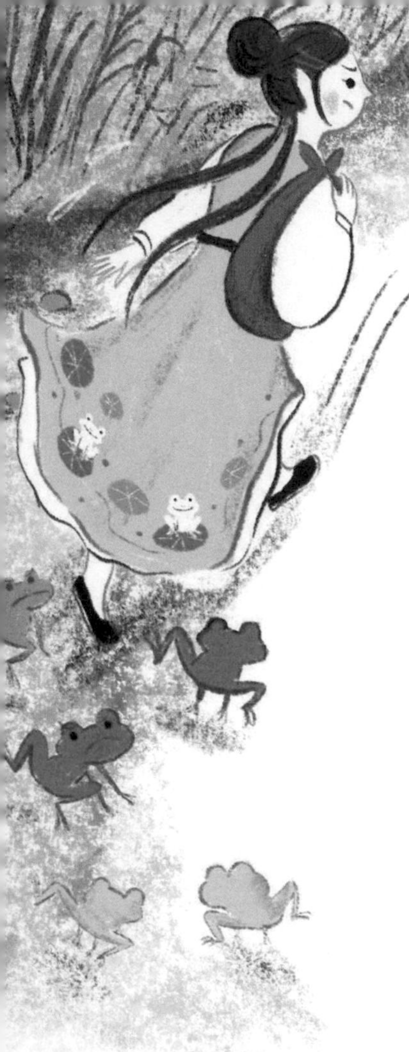

兩人大吵好幾回，越吵越凶，吵到最後，小昆竟把十娘趕出了家門。

當晚，小昆突然覺得胸悶，一病不起，連一口飯也吃不下。

「糟了，一定是青蛙大神來教訓小昆。」薛老爹非常害怕，說起來，這件事是因小昆踩死青蛙才惹起的，便親自帶著小昆到青蛙祠堂請罪，誠

懇的請求十娘回家，才平息了這場風波。

十娘回到薛家，整天打扮得花枝招展的，一點家務事也不幫忙，就連小昆的衣服、襪子破了都是由母親縫補。薛大娘忍不住跟鄰居抱怨：「我真命苦，兒子都娶媳婦了，我這個老太婆還得辛苦幹活。」

這些話傳到十娘耳裡，不服氣的頂嘴：「這些小事交給傭人就好，幹麼小氣巴巴的，為了省幾個錢自討苦吃呢？」

薛大娘無言以對，只能一個人默默流淚。小昆心疼母親，忿忿不平的找十娘理論，又一次將十娘趕出家門。

哪知第二天薛家就失火了！大火蔓延下，好幾間屋子連同桌椅、家具統統燒成灰燼。

「老青蛙，我跟你拚命！」小昆跑到青蛙祠堂發飆，「你不僅不管教女兒，還一味的偏袒她，簡直是非不明、不講道理。而且明明是我們夫妻倆吵架，要殺要剮就針對我，為什麼要燒了我家的房子？牽連我無辜的父母和家人？」

「哼！這樣不公不正還敢號稱是大神？我也要燒光你家！」小昆一不做二不休，背了許多木柴堆在祠堂中，準備點火。

小昆的舉動嚇壞附近的村人，「住手！大火可不長眼睛，弄不好把整個村子都燒光，還會惹來青蛙大神的報復。」大家苦苦哀求小昆，他才勉強罷手，憤怒的回家。

哎呀呀！事情越鬧越大，薛老爹夫婦害怕得不得了！不過，神奇的是，當天夜裡，村民們都做了同樣一個夢——青蛙大神吩咐大家，一起幫忙把薛家的房子重建起來。

第二天一早，村民們不敢怠慢，紛紛帶著建材，召集工匠到薛家幫忙蓋房子，這樣接連好幾日，薛家很快就煥然一新。

新屋落成那日，十娘回來了，她誠心誠意的向薛老爹夫婦道歉，並保證不再亂發脾氣。

一場悲劇變成了喜劇，小倆口和好如初，十娘的性情也變得越來越溫和。

美好和樂的小日子過了兩年。有一天，小昆玩心大起，捉了一條小蛇裝在盒子裡。

「猜猜看，裡頭裝了什麼寶貝？」小昆騙十娘打開盒子。

十娘掀開盒蓋，一條小蛇竄出來，掉到地上迅速爬走！

「太過分了！你不知道我最怕蛇嗎？」十娘嚇得臉色發白，痛罵小昆一頓。

「我只是跟你開個玩笑，幹麼凶巴巴的！」小昆嘴巴硬，不肯低頭道歉。

十娘甩頭就走，並說：「這一次不用你趕，我自己走，我們從此一刀兩斷！」

這小倆口怎麼又鬧起來了？薛老爹得知事情原委，又驚又怒，狠狠打了小昆一頓，趕緊到祠堂向青蛙大神請罪。

奇特的是，這次薛家裡裡外外完全靜悄悄的，無災無禍，但十娘再也沒有回來。

過了一年多，小昆越來越想念妻子，也知道自己做錯了。

他偷偷來到青蛙祠堂，哀求十娘回家，但是沒有半點回音，不久便聽村人們說，青蛙大神要將十娘改嫁給袁家，袁家最近正趕著布置新房呢！他心中既慚愧又後悔，終日茶飯不思，很快就病倒了，昏迷不醒，瘦成了皮包骨。

昏迷之中，小昆忽然感覺有人摸他的手，並聽到女人的哭聲：「這位大丈夫不是三番兩次趕我走嗎？怎麼如今病成這副模樣？」

是十娘！

小昆睜開眼睛，亭亭玉立的十娘就在眼前。

原來今天是十娘改嫁的日子，但她忘不了小昆，親自退還了聘禮，回到薛家。臨出門前，老青蛙爸爸跟她賭氣：「你這個不聽話的傻丫頭，以後要是再被薛家人欺負，就是死也別回娘家了！」

小昆痛哭流涕，十娘情深義重，讓他羞愧不已。

經過這些事後，小昆和十娘彷彿一夕之間長大了，不再吵吵鬧鬧，也不再亂發脾氣，小倆口更加甜蜜，相親相愛的生兒育女。青蛙大神夫婦也眉開眼笑，常常穿著紅袍來薛家作客。

從此薛家的子孫越來越多，大家都戲稱他們是「薛蛙子家」，不過這個稱呼附近的鄰居可不敢叫，只有外地的人才敢這麼說呢！

改編自《聊齋誌異．青蛙神篇》

小狸筆記

呱呱呱！被青蛙大神欽點的女婿，是不是滿酷的？不過，這位青蛙大神也是挺霸道的，由不得人家拒絕。

你在生活中，也遇過這樣的人嗎？若是遇到像老青蛙神這樣的人，你會乖乖接受他的要求，還是據理力爭呢？讀完這麼多妖怪前輩的故事，我覺得自己的修練更精進了。長老說接下來要帶我們去巡遊各界，探訪仙靈，真是太令人期待啦！

推薦文

「不以淺害意」的文學深度——讀《奇想聊齋》

文／黃雅淳（國立臺東大學兒童文學研究所副教授）

為什麼一本距今二百多年，且不以兒童為預設讀者的的古代文言小說，直到當代仍不斷被改編成文學、影音、遊戲等各種載體？這本被稱為「中國短篇小說之王」的文學經典究竟有什麼魅力，能讓歷代的創作者一再的從中獲得閱讀的樂趣與靈感，而透過自己的生命經驗和寫作技藝將之轉化與再創，傳承給新一代的讀者？

歷來許多優秀的兒童文學作品之所以能感動讀者，常常是因為作品與讀者的童年體驗共鳴，以及被作品的敘事和表現藝術所觸動。而劉思源這系列《奇想聊齋》又以怎樣的敘事手法，來傳遞經典對歷史的跨越性，讓當代的兒少讀者接收到文學經典在不同的文化語境中，仍能被觸動的某種意義與價值？

作者在這系列作品中採取雙線的結構敘事，外層的副線是狸貓兄妹到靈異山「靈狸養成學苑」跟著「白狸長老」修練法術的系列訓練課程。而貫穿此系列作品的主線，則是作為學院修仙祕笈的奇書《聊齋誌異》，以及其中令人目不暇給的仙靈、幻術、精怪與鬼妖的故事。既然是修練的課程，故每堂課白狸長老都施展幻術，讓狸貓兄妹穿越到書中的某個場景，提醒這堂課觀摩的修練目標，如障眼法、穿牆術、隱身術等。而每堂課後狸貓兄妹的筆記，則以兒童視角記錄、探討故事的本質或提出多元角度的疑問，以帶來思考的發散與延展。這樣的情節結構既能呼應兒童讀者日常的上學經驗，也豐富故事的敘事層次。

而作者在把握原著的精神後，透過刪節、擴寫和解釋的改寫手法，以生動、誇張、幽默的語言特色，讓本系列既保有經典延續性的文化思維，亦能滿足兒童的精神需求。

所有的兒童都曾經歷過和人類初民一樣的「泛靈」思想，擁有想像力去思考不存在於眼前的事物，並擁有以故事來訴說無法用理性解釋的想法之能力。同時，這樣具有幻想性、遊戲性和形象性的兒童思維，也需要一個讓他們盡情釋放能量的生命空間，以和現實世界的理性思維保持平衡。因此，優秀的兒童文學創作者無不盡力以作品建構這個幻想世界的烏托邦，讓兒童的精神自由飛翔。

我想，這套以現代童話語境改寫的《奇想聊齋》，在傳承經典的精神底蘊外，也提供了兒童思維的藝術空間；更重要的是，作者在推陳致新之際，亦完成一種兒童讀物「不以淺害意」的文學深度。

推薦文

運用五指故事法以現代視角閱讀古代奇書，培養邏輯力

文／曾品方（教育部閱讀推手）

白狸長老帶著小狸貓兄妹，探訪九位古代的奇靈精怪，包括白衣少年、綠衣少女、狐小偷、豚精戀人、蛙神等，他們的原型分別是鴿子、青蜂、狐狸、白鰭豚和青蛙，個個都有絕妙的法術，幻化成一篇篇令人嘖嘖稱奇的故事，作者善用目錄頁的簡短文字，生動又精準呈現每篇故事角色的特徵。孩子閱讀這本書時，從目錄頁開始，就可以運用「預測」策略，聯想篇名、主角和情節的關連性，一次滿足小讀者的好奇心和想像力。

本書裡的動物精怪角色，各個特色鮮明，作者劉思源老師對於每一個角色的描述都

生動逼真，畫面感十足。例如在第二篇〈蜂女的小情歌〉當中的描述：「這女子穿著一身綠衣長裙，年紀輕輕、笑臉盈盈、容貌俏麗、身材窈窕，尤其是那一把纖纖細腰，就好像人們常說的『螞蟻腰』一般。」讀完這一段文字，讀者眼前馬上就能浮現綠兒的模樣，還有故事後半段對於綠兒歌聲的描寫，更令人拍案叫絕。角色外觀的新奇感，以及個性的獨特感，是本書的特色之一，建議師長們在孩子預測之後，可以和他們討論各角色的特徵，也可以動手畫一畫，培養孩子從文字到圖像的轉換能力。

九篇故事各有巧妙之處，也有共通的結構，都具備了角色、地點、原因、經過和結果。無論是在學校的師生共讀，或是家庭的親子閱讀，都可以運用「五指故事法」，請孩子伸出手掌，從大拇指開始，依序說一說：主角、地點、主要事件的開始、經過和結局。師長可以先示範用五指說故事，然後以分組或個人接力的方式進行，也可以運用書末的學習單，讓孩子說一說、寫一寫故事的重點，當九篇故事都被重述一次，全班沉浸在奇文妙想的天地裡，就是探索經典世界的最佳起點。

故事重述能讓孩子練習有條理的表達，釐清故事的因果關係，透過閱讀培養邏輯力。以本書而言，除了驚奇連連的動物精怪故事之外，每一篇也都隱藏著原作者蒲松齡勸人為善的警世寓意，而劉思源老師精選其中的二十七篇系列原著，加以改寫成活潑生動的兒童故事，更能貼近小讀者好奇的心靈。

為了讓孩子充分體會到作者的用意，書末的五指圖學習單，特別加上手心和戒指，在手心裡寫一寫作者的用意，同時讓孩子學習換位思考，找到故事的旨趣；而戒指則可以寫上「我的想法」，可以是讀者對故事的提問，也可以是創意的發想，帶領孩子以現代的視角來閱讀古代的奇書，讓閱讀更加深刻豐富。

五指山閱讀祕笈

題目設計／曾品方（教育部閱讀推手）

當我們讀完《奇想聊齋2妖怪現形記》，很想更深刻的了解絕頂仙術的奧義，這時可以運用「五指故事法」找出重點，集結成「五指山祕笈」，讓絕世高手的武功傳承下去！

■第一位高手《神奇寶貝小白鴿》的五指山閱讀祕笈：

請把五項故事重點：「主角、地點、事件開始、經過和結局」依序填入手指的空白處，「作者用意」寫入手心，「我的想法」寫在戒指上方的空白處，和家人或同學分享**五指山閱讀祕笈**，請參考以下範例，並試著自己寫寫看。

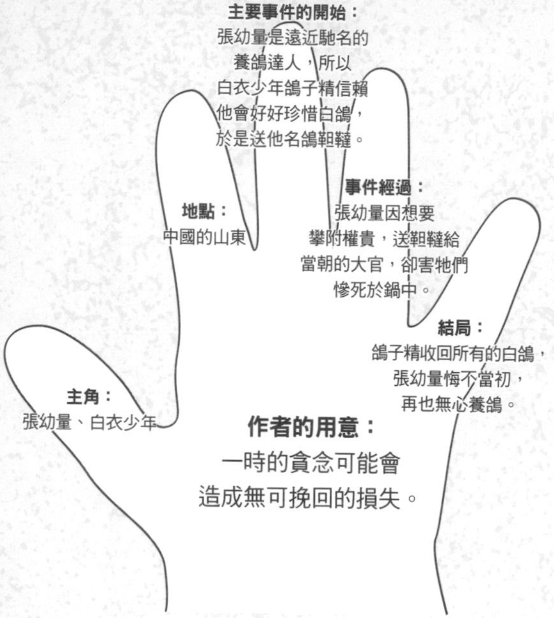
主要事件的開始：
張幼量是遠近馳名的養鴿達人，所以白衣少年鴿子精信賴他會好好珍惜白鴿，於是送他名鴿鞀鞋。
地點：
中國的山東
事件經過：
張幼量因想要攀附權貴，送鞀鞋給當朝的大官，卻害牠們慘死於鍋中。
結局：
鴿子精收回所有的白鴿，張幼量悔不當初，再也無心養鴿。
主角：
張幼量、白衣少年
作者的用意：
一時的貪念可能會造成無可挽回的損失。

我的想法：張幼量是愛鴿之人，也是貪心的人，從他一直向白衣少年索要鴿子就可看出端倪。

■第二位高手〈蜂女的小情歌〉的五指山閱讀祕笈：

請把「故事重點」填入手指的空白處，「作者用意」寫入手心，「我的想法」寫在戒指上方的空格裡，和家人或同學分享**五指山閱讀祕笈**。

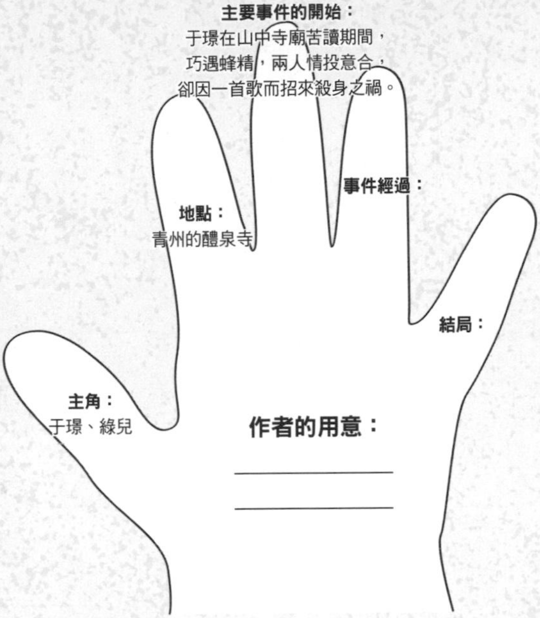

我的想法：

■第三位高手的五指山閱讀祕笈：

現在，請你從書裡再挑一篇故事，依照前面兩位高手的方式，將故事重點、作者用意和我的想法，填入空白處，完成自己的**五指山閱讀祕笈**，再和家人或同學分享。

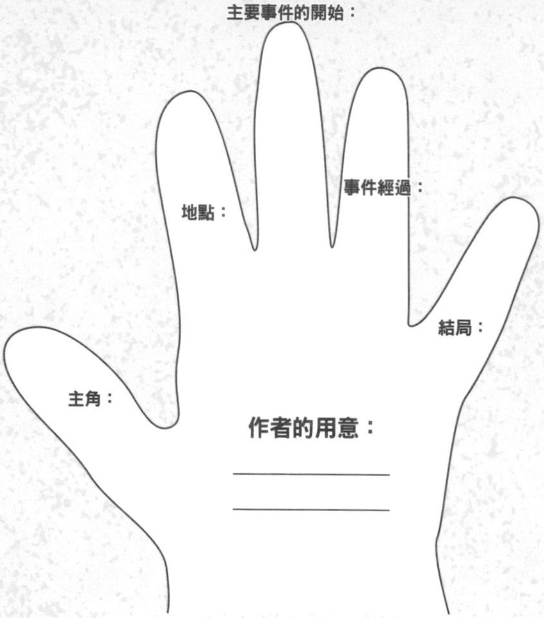

我的想法：

給大人的小提醒

1.閱讀的邏輯力：五指故事法是一種簡便有趣的閱讀策略，能有效協助孩子重述故事重點。當您陪伴孩子閱讀時，可以和孩子一起回想故事和討論情節，讓孩子釐清故事的原因、經過和結果，從中觀察因果關係，透過閱讀培養邏輯力。

2.閱讀的創造力：除了善用五指法重述故事之外，另外設計手心（作者的用意）和戒指（我的想法），讓孩子揣摩作者的觀點，也提出自己的想法，讓閱讀不只是被動的看故事，而是讀者與作者的雙向互動，提升積極主動的創造力。

奇想聊齋2
妖怪現形記

作者｜劉思源
繪者｜李憶婷

內頁版型設計｜林子晴
封面設計｜a yun
責任編輯｜江乃欣
行銷企劃｜林思妤

天下雜誌群創辦人｜殷允芃
董事長兼執行長｜何琦瑜
媒體暨產品事業群
總經理｜游玉雪
副總經理｜林彥傑
總編輯｜林欣靜
行銷總監｜林育菁
副總監｜李幼婷
版權主任｜何晨瑋、黃微真

出版者｜親子天下股份有限公司
地址｜台北市104建國北路一段96號4樓
電話｜(02)2509-2800　傳真｜(02)2509-2462
網址｜www.parenting.com.tw
讀者服務專線｜(02)2662-0332　週一～週五：09:00~17:30
傳真｜(02)2662-6048　客服信箱｜parenting@ cw.com.tw
法律顧問｜台英國際商務法律事務所・羅明通律師
製版印刷｜中原造像股份有限公司
總經銷｜大和圖書有限公司　電話：(02)8990-2588

出版日期｜2022年10月第一版第一次印行
2024年 9 月第一版第三次印行
定價｜320元
書號｜BKKCJ088P
ISBN｜978-626-305-310-6

訂購服務
親子天下 Shopping｜shopping.parenting.com.tw
海外・大量訂購｜parenting@cw.com.tw
書香花園｜台北市建國北路二段6巷11號　電話(02)2506-1635
劃撥帳號｜50331356　親子天下股份有限公司

國家圖書館出版品預行編目資料

奇想聊齋2妖怪現形記/劉思源作；李憶婷繪.
-- 第一版. -- 臺北市：親子天下股份有限公司,
2022.10
192面；17X21公分. -- (奇想聊齋；2)
ISBN 978-626-305-310-6(平裝)

863.596　　111013398